www.loqueleo.es

Ronda de Europa, 5. 28760 Tres Cantos, Madrid
Teléfono: 91 744 90 60

ISBN: 978-84-9122-552-2
Depósito legal: M-13562-2024
Printed in Spain - Impreso en España

Primera edición: septiembre de 2024

Directora de la colección:
Maite Malagón
Editora ejecutiva:
Yolanda Caja
Coordinación editorial:
Marta Olivares
Dirección de arte:
Rosa Marín
Proyecto gráfico:
Marisol del Burgo, Julia Ortega y Laura Ruiz

La canción de Los Sin Nombre

Nando López

Ilustraciones de Ángel Svoboda

loqueleo

A Érika y Sergio,
mis bailarines favoritos.

Y a quienes habéis contribuido
con vuestras historias
a que esta obra cobre vida.

«Ser artista es ver lo que otros no pueden ver».

PATTI SMITH,
Éramos unos niños

Personajes
(Por orden de intervención)

DANNA
XINYI
LUCAS
ISAAC
ZINEB
EMMA
POL
THIAGO
EDU
ANE

MARTINA
SALMA
ESTHER
QIANG
HUGO
JUSTIN
SHEYLA
DUNIA
BRYAN

Escena 1
Los malos siempre ganan

Domingo por la tarde. Un grupo de amigos de entre diez y once años —EMMA, ISAAC, ZINEB, LUCAS, DANNA y XINYI— está en el parque. Todos escuchan con atención a DANNA, que está terminando de leerles uno de sus relatos.

DANNA.— «... y ella intentó salvarlo. Pero era tarde: los fantasmas se habían adueñado de su cuerpo y se lo llevaban consigo. Muy lejos... Y para siempre».

DANNA cierra su cuaderno y los demás la aplauden tímidamente.

DANNA.— *(Decepcionada).* No os ha gustado...

XINYI.— Sí que nos ha gustado.

DANNA.— Xinyi, no mientas.

XINYI.— Que es verdad, Danna, que nos ha gustado. Pero...

DANNA.— ¿Sí?

XINYI.— *(A LUCAS)*. Lucas, díselo tú.

LUCAS.— Mejor que opine Isaac.

ISAAC.— ¿Yo? ¿Por qué?

DANNA.— ¿Qué os pasa? ¿No somos amigos o qué?

ZINEB.— A ver, Danna, pues pasa que tú...

DANNA.— ¿Que yo qué?

ZINEB.— Que tú las críticas te las tomas regular.

DANNA.— Para nada, Zineb. Me las tomo genial. Y aprendo mucho de ellas.

ISAAC.— *(Muy inseguro)*. Pues la última vez...

DANNA.— *(Interrumpiéndolo)*. Es que la última vez no llevabais razón, Isaac. Y os lo dije. Pero no me enfadé.

ISAAC.— Ah, pues sería eso.

EMMA.— Si no es que no nos guste lo que escribes...

DANNA.— ¿Y entonces qué es, Emma?

ZINEB.— Siempre es triste.

DANNA.— Este cuento no es nada triste.

LUCAS.— ¿Cómo que no? *(Resumiendo el final).* «Los fantasmas se lo llevaron muy lejos».

ZINEB.— *(Exagerando el desenlace).* «Y para siempre».

EMMA.— Tía, eso es tristísimo...

DANNA.— No lo habéis entendido bien.

ZINEB.— ¿Ves como sí te enfadas?

DANNA.— ¿Quién se enfada? A ver, que yo no tengo la culpa de que mi literatura sea elevada...

XINYI.— *(Con ironía).* Elevadísima...

LUCAS.— Contigo siempre ganan los fantasmas.

ISAAC.— O los vampiros.

EMMA.— Siempre ganan los malos, Danna.

ZINEB.— Y alguna vez molaría que fuera al revés.

DANNA.— Ya, pero es que en la vida real es así.

ISAAC.— Tampoco es...

DANNA.— *(Interrumpiéndolo).* ¿Cómo que no, Wonka?

ZINEB.— Danna, no lo llames así, sabes que no le gusta.

DANNA.— Lo siento, Isaac. Era solo un ejemplo.

ZINEB.— Pues no pillo el ejemplo.

DANNA.— *(A ISAAC).* ¿A que no te mola que te llamen Wonka? *(ISAAC niega con la cabeza).* Ni a mí que me llamen la Gloriafuertes.

ZINEB.— Pues igual que el resto. Yo también estoy harta de ser Miércoles.

XINYI.— Y yo de la «bromita» racista esa de Mulan.

LUCAS.— A mí han empezado a decirme el Fantasma, como a los de tu cuento.

DANNA.— ¿Por?

LUCAS.— Porque con tanto ir al médico falto mucho y casi no se me ve...

EMMA.— A mí me tocó la rarita y de ahí no he salido.

DANNA.— ¿Veis como tengo razón?

ISAAC.— Sigo sin pillarlo...

DANNA.— Isaac, llevamos sin nombre desde tercero.

EMMA.— *(Levantando la mano).* Segundo.

DANNA.— Eso es porque al final no siempre ganan los buenos. Si no, tendríamos un nombre de verdad.

XINYI.— Molaría inventarnos uno para todos. Como un grupo.

EMMA.— ¿Un grupo de qué?

ISAAC.— *(Mirando a XINYI).* De pop, por ejemplo.

LUCAS.— Seguro que la de Música nos aprobaba solo por eso.

ZINEB.— ¿Vais a ir mañana?

ISAAC.— ¿Adónde?

ZINEB.— A lo de subir nota. En el recreo. ¿No os enterasteis?

EMMA.— *(Negando con la cabeza).* Como siempre la tenemos a primera hora, a mí me pilla medio dormida...

ZINEB.— Dijo que, si éramos capaces de crear una canción en grupo, nos aprobaba.

DANNA.— ¿No has dicho que era para subir nota?

ZINEB.— Es lo mismo.

ISAAC.— Qué va a ser lo mismo. Que te suban la nota está bien. Pero que te aprueben sin examen es la caña.

XINYI.— ¿Y solo hay que hacer una canción?

ZINEB.— Eso parece.

LUCAS.— Podíamos probar. *(A XINYI)*. Tú cantas guay.

ZINEB.— *(Imaginándolo)*. A mí me suena bien.

XINYI.— *(Bromeando)*. Según cómo cantemos...

DANNA.— Entonces sí que vamos a necesitar un nombre.

ISAAC.— ¿Por?

DANNA.— No se puede ser un grupo de música sin un nombre.

Llega corriendo POL. Muy nervioso. Los interrumpe sin ni siquiera saludarlos.

POL.— ¿Os habéis enterado ya?

SHEYLA
LIVE
K

EMMA.— *(Con ironía).* Hola, Pol. Buenas tardes, Pol. ¿Cómo estás, Pol?

POL.— *(Está tan nervioso que no le salen las palabras).* Que viene...

DANNA.— ¿Quién?

POL.— Que viene...

ISAAC.— Eso ya nos lo has dicho.

POL.— Es que viene...

TODOS.— ¿¿¿Quién???

POL.— *(Emocionado, con la ilusión del mayor de sus fans, sacando un póster con el anuncio de un concierto de la cantante).* ¡¡¡Sheyla!!!

DANNA.— ¿Escribe Sheyla con i griega?

POL.— Lo escribe como quiere, que para eso es su nombre. Además, Sheyla es una reina y puede hacer lo que le dé la gana.

EMMA se acerca a POL y toma su póster para leer lo que pone en él.

XINYI.— ¿Y cuándo viene?

POL.— ¡En dos semanas!

EMMA.— A mí no me van a dejar mis padres...

ZINEB.— Ni a mí los míos. Además, seguro que es carísimo...

POL.— *(Intentando animar, sin dejarse llevar por su pesimismo).* ¡Va a estar aquí al lado! ¿No habéis visto dónde es el concierto?

ISAAC.— Es cerca, pero tampoco creo que...

POL.— No seas cenizo.

ISAAC.— Si yo solo iba a decir que...

POL.— Que no nos la vamos a encontrar. ¿A que era eso?

ISAAC.— Bueno, eso y que...

POL.— Pero a lo mejor sí. A lo mejor sí que la vemos. A lo mejor no podemos ir al concierto pero nos encontramos con esa diosa por la calle. ¿Os imagináis?

DANNA.— Molaría...

XINYI.— ¿Encontrárnosla por el barrio?

DANNA.— A mí eso me da igual. La gente que pone íes griegas donde no hay íes griegas no me cae bien.

EMMA.— Entonces, ¿qué es lo que molaría?

DANNA.— Molaría que ir a ese concierto no fuera un problema. Que supiéramos que si lo contamos en casa van a decirnos que sí, que sacan las entradas y que hasta nos acompañan. Molaría no saber ya que es demasiado caro. Y que no va a pasar. Porque esas cosas a nosotros no nos pasan.

LUCAS.— A lo mejor sortean alguna.

ZINEB.— ¿Y tú crees que nos tocaría?

LUCAS.— Podemos intentarlo.

EMMA.— Sí, y que nos toque la lotería, también.

ISAAC.— Pues yo creo que la suerte a veces…

EMMA.— Suerte sería que Sheyla entrara en la tienda de mis padres. ¡Eso sí que iba a ser una pasada! Menuda publicidad.

DANNA.— No va a pasar.

XINYI.— O en la tienda de los míos.

DANNA.— Tampoco va a pasar.

POL.— ¿Cómo lo sabes, Danna?

DANNA.— Porque nosotros no tenemos nombre. Y, cuando no tienes un nombre, tampoco tienes suerte.

EMMA.— Pues habrá que recuperar el nombre, ¿no? Porque yo estoy harta de ser la rarita.

POL.— Y yo de lo del marica. ¡Desde segundo! Pero si entonces ni siquiera sabía si me gustaban los chicos.

ZINEB.— *(Sonriéndole, con cariño).* Por lo menos, ahora ya sí lo sabes...

POL.— Sobre todo si bailan como Bryan, el bailarín de Sheyla.

ZINEB.— *(Sorprendida).* ¿Te sabes hasta el nombre de sus bailarines?

POL.— *(Orgulloso).* Eso es de primero de fan.

ISAAC.— Pues yo quiero decir q...

EMMA.— ¿Que a ti también te gustan los chicos?

ISAAC.— No, lo que iba a decir es...

DANNA.— Si es sobre la suerte, ya te digo yo que en este barrio no hay mucho de eso.

ISAAC.— *(Imponiéndose para que le dejen hablar de una vez).* ¡Que no! Quiero decir que estoy harto de ser Wonka. Que quiero recuperar mi nombre.

EMMA.— ¡Si es a lo que yo me refería! Que lo acabo de decir, que no escuchas.

POL.— ¿Y eso qué tiene que ver con el concierto?

ISAAC.— Pues que a lo mejor tenemos que hacer como Sheyla, que ha puesto la i griega en el suyo porque ha querido.

EMMA.— Vamos, que tú quieres un final que no sea como los de Danna.

DANNA.— Ahí vamos otra vez...

Todos se ríen, incluso DANNA.

Escena 2

¿Esto sube nota?

Lunes por la mañana. THIAGO, EDU y ANE están esperando en su aula durante el recreo. En un cartel, en una de las paredes, se lee claramente 5.º C.

THIAGO.— Tenemos que entrevistarla.

EDU.— Sí, claro, como si eso fuera tan fácil.

ANE.— ¿Y cómo lo hacemos?

THIAGO.— Ni idea, Ane, pero necesitamos seguidores para nuestro canal...

EDU.— Bueno, ya tenemos algunos, ¿no?

ANE.— Siete. Tenemos siete unidades de seguidores.

THIAGO.— Y, con nosotros, diez. Si conseguimos que Sheyla nos deje entrevistarla, aunque solo sean cinco minutos, seguro que nos llegan muchos más.

EDU.— Thiago, en serio, ¿tú crees que una estrella como Sheyla va a hablar con nosotros? Las divas no tienen tiempo para *youtubers* con siete seguidores.

ANE.— Pues habrá que empezar por algún sitio, Edu… Si no, ¿cómo vamos a lograr nuestro plan de hacernos ricos y famosos?

EDU.— Yo no sé si quiero ser famoso…

THIAGO.— Pues yo sí que quiero ser rico.

ANE.— Además, eso no se elige. Si tu canal da dinero, te haces famoso. Va en el pack.

THIAGO.— Imagínate petándolo en redes. Y con miles, no, cientos de miles, no, miles de cientos de miles, no, millones de cientos de miles de seguidores.

ANE.— Lo mismo así hasta vería un rato a mis padres. Curran tanto que cualquier día me olvido de qué cara tienen.

THIAGO.— Igual que los míos. Como uno tiene turno de día en el hospital, y otro, de noche en el taxi, solo coincidimos los tres una vez cada ciento cincuenta años.

EDU.— *(Fingiendo una expresión triste).* Si queréis puedo ir a buscarla y ponerle cara de pena.

ANE.— ¿A quién?

EDU.— A Sheyla. La gente es tan básica que lo de la cara de pena a veces me funciona.

THIAGO.— Pero ella no tiene pinta de ser básica.

EDU.— Ya... Además, es un truco pésimo. Pero a veces me mola usarlo en plan de venganza.

THIAGO.— ¿Venganza por?

EDU.— Por todas las veces que me miran raro cuando me ven aparecer en mi silla. O por los sitios donde no puedo ir porque a nadie se le ha ocurrido adaptarlos.

ANE.— Esos trucos con Sheyla no nos valen. Esa tía es inteligente. Y tiene cero prejuicios.

EDU.— ¿Y eso cómo lo sabes?

ANE.— Por sus letras.

THIAGO.— Es que Ane es fan... Bueno, somos. Yo también.

ANE.— *(Cantando).*

No eres lo que te dicen,
no eres lo que te obligan,
no eres lo que piensan
que debes ser.

THIAGO.— *(Siguiendo a ANE).*

Eres lo que tú sientes,
eres lo que tú esperas,
eres lo que no sabes,
eres lo que deseas.

EDU.— Suena bien... Aunque por mucho que yo desee no estar sentado en esta silla, eso no se va a cumplir.

ANE.— La canción no va de eso, Edu.

EDU.— ¿Ah, no?

ANE.— No, va de que esa silla de ruedas no explica quién eres.

THIAGO.— Esa fue su primera canción. Luego ha evolucionado mucho.

ANE.— Escúchala, en serio. Solo tiene temazos.

ANE Y THIAGO.— *(Cantando a la vez).*

No eres lo que te dictan,

no eres lo que te niegan,
no eres lo que te impiden
llegar a ser.

EDU.— Vale, vale, vale, pero una cosa...

THIAGO.— ¿Qué?

EDU.— Desde ahora mismo tenéis prohibidísimo cantar en nuestro canal. Que yo os quiero mucho a los dos, pero lo hacéis de pena.

ANE.— *(Lanzándose sobre él y desordenándole el pelo).* Pero qué bobo es nuestro Edu...

Entra MARTINA, seguida de SALMA y ESTHER. Y, justo después, HUGO junto con JUSTIN y QIANG.

MARTINA.— ¿Todavía no ha llegado nadie?

EDU.— Estamos nosotros.

MARTINA.— Nadie interesante, quería decir.

SALMA.— Eso se sobreentiende.

ESTHER.— Obvio.

ANE.— *(A EDU y a THIAGO).* No las soporto...

QIANG.— ¿Y en serio que esto sube nota?

HUGO.— Pues claro. Si no, ¿de qué íbamos a estar aquí?

JUSTIN.— Ya ves.

QIANG.— Es que, si no sube nota, yo paso.

HUGO.— Pasamos todos.

JUSTIN.— Ya ves.

THIAGO.— *(A ANE y a EDU).* No los soporto...

EDU.— *(A THIAGO y a ANE).* ¿Y quién sí?

Entran el resto de la clase: en primer lugar, XINYI, EMMA, LUCAS, DANNA y, algo más rezagados, POL, ISAAC y ZINEB.

LUCAS.— *(Sorprendido, a XINYI).* ¿Y toda esta gente qué hace aquí?

XINYI.— Yo también pensaba que íbamos a ser cuatro gatos...

DANNA.— *(A HUGO y MARTINA).* Oye, ¿y vosotros? ¿Desde cuándo cantáis?

HUGO.— Desde que viniendo aquí se aprueba.

MARTINA.— Desde siempre.

HUGO.— *(A MARTINA, con mucho interés).* ¿En serio?

DANNA.— Viniendo aquí no se aprueba.

HUGO.— ¿Cómo que no?

QIANG.— ¿No?

JUSTIN.— ¿Quién ha dicho que no?

HUGO los mira y les hace un gesto para que se callen. JUSTIN y QIANG bajan la cabeza.

DANNA.— Sube nota. En Música. Nada más.

SALMA.— ¿Solo en Música? Seguro que también sube nota en las demás.

ISAAC.— No, porque es una actividad de música...

ESTHER.— ¿Y qué?

MARTINA.— Pero, vosotras, ¿qué estáis diciendo ahora?

SALMA y ESTHER bajan la cabeza, arrepentidas de haber intervenido sin el permiso de MARTINA.

HUGO.— ¿Y vosotros?

DANNA.— *(A la defensiva)*. ¿Qué?

HUGO.— Eh, Gloriafuertes, tranquilita, que no te he dicho nada. Que si vosotros también cantáis.

MARTINA.— Wonka seguro... Con los Oompa Loompa.

MARTINA mira a SALMA y a ESTHER para que se rían. Lo hacen, aunque se nota que es muy forzado.

ISAAC.— Muy graciosa, Martina, muy graciosa.

POL.— *(A EMMA, haciendo ademán de querer largarse)*. Lo mismo esto no ha sido buena idea...

HUGO.— *(Acercándose a POL, impidiendo que se vaya)*. Pero ¿tú cómo te vas a ir? Si esto de cantar a la gente como tú os gusta mucho...

POL.— *(Plantándole cara)*. ¿«La gente como yo»?

HUGO hace un gesto amanerado con la mano y silabea, abriendo mucho la boca, la palabra marica, *aunque no llega a pronunciarla en voz alta, y POL se adelanta y se sitúa frente a él.*

POL.— *(Encarándolo).* Atrévete a decirlo.

EDU y THIAGO se apresuran a interponerse entre ambos para separarlos.

EDU.— Que se quede quien quiera y que se vaya quien pase de esta movida. Pero, si nos quedamos, nada de malos rollos. Que esto de la canción es voluntario.

JUSTIN.— Vale… Pero ¿se aprueba o no?

Todos resoplan y lo miran con fastidio.

Escena 3

Ni la *setlist* ni el *outfit*

Habitación de hotel. SHEYLA, que aún no ha abierto su maleta, da vueltas alrededor de la amplia suite *en la que acaba de instalarse. Mira por la ventana, enciende un pequeño altavoz que hay en el cuarto y busca una canción en su móvil. Le da al Play: es su primer tema, la canción con la que saltó a la fama. Ella la tararea y baila moviéndose de un lado a otro de la habitación.*

SHEYLA.— *(Cantando).*

No eres lo que te dicen,
no eres lo que te obligan,
no eres lo que piensan
que debes ser.

Llaman a la puerta. SHEYLA quita la música, abre y entra DUNIA, su representante, una pelirroja vestida con chaqueta y grandes gafas a la moda.

DUNIA.— *(Señalando la maleta sin deshacer).* ¿Todavía estás así? En una hora nos esperan para la rueda de prensa.

SHEYLA.— Tranquila, Dunia. Hay tiempo.

DUNIA.— *(Nerviosa y algo acelerada).* Sí, hay sesenta minutos. Bueno, ahora solo cincuenta y nueve. Y tú ni siquiera te has vestido.

SHEYLA.— *(Señalando la ropa que lleva: cómoda y deportiva, en tonos negros).* ¿Te parece que no estoy vestida?

DUNIA.— No empieces con tus juegos de palabras, que esto no es una canción de las tuyas. Sabes a lo que me refiero... En una rueda de prensa es importante que llames la atención. Que se te vea bien. Y con ese *outfit*...

SHEYLA.— Es que no quiero que se fijen en mi *outfit*. Quiero que se fijen en mis palabras. Y en mi voz.

DUNIA.— Pero se fijarán mejor si vas menos triste. Así parece que has salido huyendo de un funeral.
SHEYLA.— Estoy cansada de disfrazarme.
DUNIA.— Es parte del espectáculo, querida.
SHEYLA.— O no. A lo mejor no lo es y tenemos que rebelarnos también. A lo mejor hay que exigir que la música sea solo música.
DUNIA.— Pues díselo a la prensa. Y a Instagram. Y a TikTok. Y a YouTube... Diles que la música no es más que música y que van a ver a Sheyla, la cantante de moda, con este *look* triste de la novia de Frankenstein a todas horas. A ver cuántas escuchas y cuántas visualizaciones tienes dentro de un mes...
SHEYLA.— No exageres.
DUNIA.— No exagero, pero no sé qué te pasa en esta gira... Estás rarísima desde que empezamos. Y ni siquiera tengo claro por qué decidiste comenzarla aquí.

SHEYLA se aleja y se queda un momento en silencio junto a la ventana, evitando seguir con la conversación. En ese momento llaman a la puerta. DUNIA abre y entra BRYAN, su primer bailarín.

BRYAN.— Dunia, ¿me pasas una copia del guion de la rueda de prensa?

DUNIA.— *(Tecleando en su móvil y dándole a Enviar).* Ya lo tienes.

BRYAN.— Gracias. Es que hay preguntas que prefiero llevar preparadas.

SHEYLA.— Pero si siempre nos hacen las mismas...

BRYAN.— Por si acaso. Ya sabes que a mí las entrevistas no me gustan y me ponen muy nervioso.

SHEYLA.— No te preocupes. Si te bloqueas, yo te ayudo. Además, casi todas las preguntas son siempre para mí.

BRYAN.— Ya, pero como te empeñas en que nos sentemos juntos... Y yo no necesito tanto protagonismo.

SHEYLA.— Mis canciones en los conciertos son como son porque tú las bailas como las bailas. Eso es así. Por eso tienes que estar conmigo.

BRYAN.— Por cierto…

SHEYLA.— ¿Sí?

BRYAN.— Aún falta una. La de apertura. Todavía no has decidido con qué canción vamos a empezar.

DUNIA.— *(Sorprendida e inquieta).* ¿Cómo? ¿Que aún no está terminada la *setlist*?

SHEYLA.— *(Bromeando y riéndose con BRYAN).* Ni la *setlist* ni el *outfit*, Dunia. Todo mal.

BRYAN.— En serio, Sheyla, no puedo preparar la coreo del inicio si no me lo dices.

SHEYLA.— Todavía no tengo la canción con la que quiero empezar.

DUNIA.— *(Más preocupada aún).* ¿Cómo que no la tienes? ¡El concierto es el viernes de la próxima semana!

SHEYLA.— Pues eso: hay tiempo.

DUNIA.— ¡Pero muy poco!

SHEYLA.— Tranquila, Dunia, que no la tengo, pero la voy a tener. *(Cogiendo sus cosas, lista para la rueda de prensa)*. Bueno, qué, ¿nos vamos ya?

Escena 4

La Súper-Sheyla-Party

Suena el timbre de fin de las clases. Todo 5.º C se reúne en el salón de actos para discutir la propuesta de la profesora de Música.

HUGO.— Entonces, ¿qué hacemos?

MARTINA.— A mí no me ha molado nada la propuesta.

SALMA.— Nada de nada.

MARTINA.— Pedir que la canción la escribamos nosotras es pasarse.

HUGO.— ¿No se supone que solo teníamos que cantar?

JUSTIN.— La de Música no había dicho nada sobre componer.

EMMA.— ¿Cómo que no, Justin?

ANE.— *(Explicándoselo).* Nos dijo que teníamos que crear una canción.

ESTHER.— Pero una canción se crea cantando, ¿no?

ISAAC.— Bueno, técnicam...

SALMA.— *(Cortándolo).* Es superinjusto.

DANNA.— A mí me ha gustado la idea.

MARTINA.— Porque tú no tienes vida social, Gloriafuertes. Pero las demás sí. Las demás tenemos una vida superinteresante. Y no podemos perder el tiempo escribiendo tonterías.

LUCAS.— No son tonterías.

MARTINA.— Ya habló el Fantasma.

JUSTIN.— ¿Y si copiamos una?

QIANG.— Lo mismo no se da cuenta.

HUGO.— ¿Cómo no se va a dar cuenta? En cuanto meta la letra en Google nos pilla.

JUSTIN y QIANG bajan la cabeza, abochornados.

ESTHER.— Pues la escribimos con una IA.

SALMA.— ¡Claro!

MARTINA.— ¿Queréis no decir más estupideces? Así seguro que nos pilla también.

ESTHER y SALMA se quedan tan avergonzadas como JUSTIN y QIANG.

HUGO.— Entonces, ¿qué hacemos?

MARTINA.— Bah, yo paso. Además, esta semana voy a tener mucho lío organizando mi superfiesta.

THIAGO.— ¿Qué fiesta?

MARTINA.— Una a la que no te he dicho que estés invitado.

THIAGO.— Ni falta que hace.

MARTINA.— La Súper-Sheyla-Party.

SALMA.— Solo con canciones de Sheyla.

MARTINA.— *(A SALMA).* Eso se sobreentiende.

SALMA.— *(Arrepentida).* Perdón.

EDU.— ¿Y la fiesta esa es súper porque...?

MARTINA.— Porque la voy a hacer yo, ¿te parece poco?

XINYI.— Martina, ¿es que vosotras sí que vais a ir al concierto?

MARTINA.— Mis padres querían llevarnos, pero...

SALMA le tiende un pañuelo.

MARTINA.— *(Fingiendo secarse las lágrimas).* Ya no quedaban entradas.

EMMA.— Normal. Se agotaron en cincuenta y tres minutos.

EDU.— Vamos, en una hora.

EMMA.— No. En cincuenta y tres minutos.

EDU.— Vale, que sí. Qué manía con la precisión que tenéis las científicas.

EMMA.— Futura científica. A pesar de que mis padres, cada vez que se lo digo, empiezan con que debería tener menos pájaros en la cabeza.

ANE.— Un poco carcas tus padres, ¿no?

EMMA.— Ni te imaginas...

MARTINA.— ¿Te hemos preguntado por tu vida, rarita? ¿A que no? Pues no hace falta que nos la cuentes. ¿Veis? Por eso todavía no sé a quién voy a invitar a mi superfiesta, porque para que sea una superfiesta de verdad también tiene que ser una tarde superdivertida.

ESTHER.— Y por eso solo puede venir gente superdivertida.

MARTINA.— *(Entre dientes, regañándola de nuevo).* Que eso también se sobreentiende.

ESTHER, avergonzada, da un paso atrás.

JUSTIN.— *(Señalándose a sí mismo y a HUGO y a QIANG).* Nosotros somos superdivertidos.

EDU.— *(A THIAGO y ANE, con ironía y bajito para que no lo oiga el resto).* Supermucho.

DANNA.— ¿Los demás qué pensáis? ¿A nadie le apetece componer un tema entre todos?

XINYI.— A mí sí.

LUCAS.— Yo hasta tengo algo escrito...

DANNA.— ¿Sobre qué?

LUCAS.— Sobre lo que me pasa...

THIAGO.— ¿Sobre lo que te pasa?

LUCAS.— Sobre mi enfermedad.

XINYI.— A mí me gustaría oírlo.

ISAAC.— A todos.

MARTINA.— O no. A todos, pues a lo mejor, no. O no en cualquier momento. Por ejemplo, mi fiesta no sería un buen lugar. En mi fiesta solo se puede hablar de cosas superdivertidas. Y los dramas no son superdivertidos.

LUCAS.— Mi vida no es un drama, Martina.

MARTINA.— Yo no he dicho eso, Mr. Fantasma.

MARTINA mira a ESTHER y a SALMA esperando que hablen. Estas se dan cuenta y se apresuran a obedecerla.

ESTHER.— Ella no ha dicho eso.

SALMA.— No, no, no. No lo ha dicho.

XINYI.— *(A LUCAS)*. Lucas, ¿tienes también la música?

LUCAS.— No... Solo escribí algunos versos. Ni siquiera sé por qué lo hice en plan poema. Me salió así...

EMMA.— De la música podemos encargarnos los demás.

ISAAC.— *(Ofreciéndose).* Yo toco la guitarra.

EMMA.— ¿Ves?

POL.— Y yo puedo ayudar con la coreo.

ZINEB.— Y yo.

MARTINA.— Pero ¿tú bailas, Miércoles?

ZINEB.— Claro. En cuanto me quito las trenzas y salen los gusanos de la calavera que tengo debajo de la cama.

MARTINA.— Puagggg... ¿Veis? Por eso no os puedo invitar a mi Súper-Sheyla-Party. No ibais a encajar.

SALMA.— Es bueno saber encajar.

ESTHER.— Muy bueno.

MARTINA.— *(A SALMA y ESTHER).* Y saber callarse también.

Las dos retroceden otro pasito.

HUGO.— Yo, de cantar, paso. Y, de bailar, más. A mí las cursiladas esas no me van.

JUSTIN.— Ni a mí.

QIANG.— Ni a mí.

HUGO.— Pues nos vamos.

JUSTIN.— Ahora mismo.

QIANG.— Claro que nos vamos.

HUGO.— *(Irritado. A JUSTIN y QIANG).* ¿Es necesario que lo repitáis todo?

HUGO se pone en marcha, dispuesto a irse. JUSTIN y QIANG, que han dado también un paso atrás, se preparan para seguirlo.

MARTINA.— *(Dejando caer la indirecta con intención).* A mí me gustan los chicos que cantan bien. Y que saben bailar.

HUGO.— *(Deteniéndose en seco, mirando a MARTINA).* O mejor no. Mejor nos quedamos.

JUSTIN y QIANG se chocan ante el parón tan abrupto de HUGO y están a punto de caerse al suelo. Se miran entre sí sin comprender nada.

ZINEB.— ¿Tienes aquí tu texto, Lucas?

LUCAS.— *(Niega con la cabeza)*. Mañana lo traigo.

THIAGO.— Nosotros podríamos grabarlo.

XINYI.— ¿El qué?

THIAGO.— La canción. En plan vídeo musical.

EDU.— Sobre todo si hay baile...

50 POL.— Obvio que habrá baile.

ANE.— Guay. Lo grabamos o hacemos un directo.

MARTINA.— ¿Un directo dónde?

THIAGO.— En nuestro canal.

MARTINA.— ¿Tenéis un canal? ¿Vosotros?

ANE.— Por ahora es pequeñito, pero...

MARTINA.— ¿Cómo de pequeñito?

ANE.— Pues...

ANE extiende y aleja mucho las manos, pero las va acercando entre sí poco a poco, hasta que se quedan prácticamente juntas.

ANE.— *(Muy bajito)*. Siete seguidores.

MARTINA.— ¿Qué has dicho?

ANE.— *(Subiendo un poco más la voz).* Siete seguidores.

MARTINA.— ¿Cómo?

ANE.— *(Harta. Casi gritando).* ¡Que solo tenemos siete seguidores!

MARTINA.— Eso no es un canal. Eso es una tragedia.

EDU.— Ya nos pedirás que te invitemos cuando lo estemos petando.

MARTINA.— *(Seca y borde, mirándolo con superioridad).* Ja. Ja. ¡Y ja!

MARTINA chasquea los dedos para que la acompañen, siempre un paso por detrás, SALMA y ESTHER. Salen las tres.

HUGO.— *(Al darse cuenta de que MARTINA se ha ido).* Nosotros nos vamos también.

JUSTIN.— Pero ¿no nos íbamos a quedar?

HUGO.— Ahora no. Ahora nos vamos.

QIANG.— *(A JUSTIN).* ¿No ves que nos vamos o qué?

Salen los tres, con HUGO unos pasos por delante.

POL cierra la puerta, resopla aliviado y se acerca a un ordenador que hay en un lateral del salón de actos.

EMMA.— Y, entonces, ¿qué vamos a hacer?

XINYI.— *(Imitando a MARTINA)*. Pues vamos a superhacer un superalgo superdivertido.

DANNA.— *(Riéndose)*. Súper por supuesto.

ZINEB.— Vamos a supercomponer un tema. *(Mirando a LUCAS)*. Con tu letra.

LUCAS.— No está completa...

ISAAC.— Te ayudamos.

POL.— *(Mirando la pantalla del ordenador)*. Y si la tenemos lista antes del concierto...

ZINEB.— ¿Sí?

POL.— Podríamos intentar que Sheyla la oyese. O hasta que nos viese. ¿Os imagináis que fuésemos sus teloneros?

ANE.— ¿Tienes fiebre, así, de repente?

POL.— No, ¿por?

ANE.— ¡Porque estás delirando!

POL.— No es tan loco.

ISAAC.— No, no, qué va... ¡Es loquísimo!

LUCAS.— Para que eso pasase primero tendría que escucharnos.

DANNA.— Después tendría que gustarle lo que hacemos.

XINYI.— Y, además, tampoco creo que a menos de dos semanas del concierto Sheyla esté buscando teloneros.

POL.— *(Girando la pantalla del ordenador para que vean un vídeo).* O sí.

En un lateral, aparecen SHEYLA, DUNIA y BRYAN, sentados en la mesa desde la que están dando la rueda de prensa. SHEYLA y BRYAN, en el centro, y DUNIA, a la derecha de ambos, un poco más apartada. Se escuchan los flashes de los fotógrafos mientras hablan.

SHEYLA.— Sí, por eso lo hago. Porque quiero que esta gira sea especial. Así que, ahí tenéis la primicia: en cada ciudad a la que vayamos escogeremos a unos teloneros locales, que vivan en el lugar donde actuemos.

BRYAN.— Y que no sean un cuadro.

SHEYLA.— Lo único importante es que sean auténticos. Y, si alguien de por aquí quiere intentarlo, aún está a tiempo.

POL le da al Pause. SHEYLA, BRYAN y DUNIA se quedan congelados un par de segundos y, enseguida, desaparecen. Todos se quedan pensativos tras lo que han visto.

POL.—¿Qué me decís?

EMMA.— Que nosotros ni siquiera somos un grupo.

DANNA.— Como mucho, somos una clase de 5.º que se ha apuntado a formar un grupo.

XINYI.— Un grupo sin nombre...

ZINEB.— Además, habrá un montón de gente que le mande cosas...

XINYI.— Aunque hagamos la mejor canción del mundo...

THIAGO.— Que ya os digo yo que no creo que la hagamos...

XINYI.— ... es imposible que Sheyla la vea.

EDU.— Pero si usamos bien nuestro canal...

ISAAC.— Siete seguidores, Edu. Y yo soy uno de ellos.

ZINEB.— Y yo otra.

LUCAS.— Y yo.

EDU.— O sea, que los siete seguidores sois...

Todos asienten.

EMMA.— Si lo consiguiésemos, sería mucho mejor que la Súper-Sheyla-Party de las superdivertidas.

ISAAC.— Pero no lo vamos a conseguir...

EMMA.— *(Con tono enigmático).* ¿Y si los Súper Súper se creyeran que sí?

Escena 5

Y, tú, ¿por qué empezaste?

Ese mismo lunes por la tarde. DANNA, LUCAS, XINYI, ISAAC, EMMA y POL regresan a casa en metro.

XINYI.— *(A LUCAS)*. No sabía que escribías.

DANNA.— Ni yo.

LUCAS.— A mí tampoco me habíais dicho que os gustaba cantar.

EMMA.— Es que a mí no me gusta cantar.

LUCAS.— Y, entonces, ¿por qué te has apuntado?

EMMA.— Porque para lo de la canción habrá que quedar alguna tarde, ¿verdad?

LUCAS.— Supongo.

EMMA.— Pues esas tardes me libro de ayudar en la tienda a mis padres.

XINYI.— Eso me suena...

ISAAC.— ¿A ti también te pasa?

XINYI.— *(Asiente).* La tienda no les da para contratar a alguien que les eche una mano.

EMMA.— Ni a los míos...

XINYI.— Ya.

EMMA.— Entonces, ¿tú también te has apuntado para tener alguna tarde libre?

Las dos se ríen.

DANNA.— Yo empecé a escribir así... Por el curro de mi madre.

POL.— ¿En serio?

DANNA.— *(Asiente).* Cuando era más pequeña no tenía con quién dejarme, así que por las tardes, después del cole, si ella debía ir a limpiar a alguna casa, me llevaba también. Y yo me aburría, claro. A veces los dueños de la casa me ponían dibujos o me daban de merendar. Otras veces, no. Otras veces me ponían cara de que estaba molestando y yo solo quería que pasara el tiempo muy rápido y salir de allí. Pero siempre me llevaba un cuaderno. Y lápices de colores. Al principio, dibujaba. Hasta que me aburrí de pintar siempre lo mismo. Y de hacerlo fatal... Y cambié los dibujos por las palabras. Así que a lo mejor soy la primera persona que llega a ser escritora por aburrimiento.

POL.— Pues yo no sé cuándo empecé a bailar, la verdad...

LUCAS.— No te creo. Si te pasas el día entre las clases de baile del cole y las Canchas.

XINYI.— ¿Las Canchas?

POL.— Es un parque donde va mucha gente a hacer deporte. Y luego estamos los que nos reunimos allí para bailar.

DANNA.— Entonces seguro que sí sabes por qué te gusta.

POL.— Creo que sé por qué bailo ahora, pero no por qué empecé...

LUCAS.— ¿Y por qué es?

K

POL.— Porque siento que me expreso mejor cuando bailo que cuando hablo. Es como si así saliera todo lo que llevo dentro, ¿sabes?

POL improvisa unos pasos en medio del vagón. El resto lo miran y aplauden.

ISAAC.— *(Riéndose).* Nos van a echar.

POL.— ¿Por bailar?

ISAAC.— Sí. *(Mirando a los adultos que los rodean).* Y por no ir con cara de zombis. Si en el metro no vas con cara triste, te quieren echar todo el rato.

POL.— ¿Y tú, Lucas?

LUCAS.— ¿Yo?

POL.— Sí, ¿por qué empezaste a escribir? ¿También te aburrías?

LUCAS.— No... Yo empecé porque estaba triste.

ISAAC.— ¿Y ahora ya no lo estás?

LUCAS.— A veces. Pero, cuando lo estoy, puedo escribirlo. Es como si lo soltara, como si se quedase ahí, en el papel, y ya no lo llevara encima.

POL.— ¿Y funciona?

LUCAS.— Bastante... Me ayuda a no pensar en lo que va a pasar en el futuro, sino en lo que está pasando ahora. Sobre todo porque lo mío es raro, aunque mi madre dice que van a dar con la cura. Por ahora siguen buscándola, así que escribir me ayuda a tener paciencia. No sé... A confiar. A pensar que alguna vez esto se parará y ya no seguirá yendo a peor.

XINYI.— Pero ¿tú estás bien?

LUCAS.— Hoy sí... Aunque va por días.

El metro se detiene y se abren las puertas del vagón.

DANNA.— Esta es mi parada.

POL.— Me bajo contigo.

DANNA.— *(A LUCAS).* Tráete mañana eso, ¿vale? Seguro que podemos sacar algo bueno de ahí.

POL.— ¡Y hasta bailarlo!

POL se baja del metro bailando, tratando de provocar la risa de sus amigos. DANNA se baja con él y el resto siguen su camino a casa.

Escena 6

Tenemos un plan

Martes por la tarde. THIAGO, ANE y EDU están en casa de ANE viendo vídeos de SHEYLA en YouTube.

THIAGO.— Me flipa.
EDU.— Sería tan guay poder entrevistarla...
ANE.— Mirad... Este es mi favorito.

ANE le da al Play y los tres se quedan embobados mirando la pantalla. En el escenario aparece SHEYLA por el lateral derecho. Todo, salvo ella, se queda a oscuras mientras canta acompañada por BRYAN, que baila a su lado.

SHEYLA.—
No decides quién soy.
Ni siquiera lo sabes.
Ni siquiera imaginas
el poder de mi voz.

Y, cuando oigas mi nombre,
cuando me veas llegar,
sentirás esta luz
invadiéndolo todo.

Sentirás este sol
y este mar y este viento
que hoy llevarán mi nombre.
El nombre que yo soy,
el nombre que yo elijo,
el nombre que mi voz
quiere gritar por mí.

ANE le da al Pause y tanto SHEYLA como BRYAN se quedan congelados en escena.

THIAGO.— Es una fantasía...

ANE.— *(Mostrando orgullosa una pulsera con la bandera trans en el brazo derecho).* Y un himno... Se la puse a mis padres cuando se lo conté.

EDU.— ¿En serio?

ANE.— Sí... Creo que ellos ya lo sabían. Bueno, que lo han sabido desde siempre, pero me parecía más fácil decirles mis pronombres si se lo cantaba ella... *(Mirando a la SHEYLA que sigue congelada en escena).* Gracias, Sheyla.

SHEYLA recobra el movimiento, le lanza un beso a ANE y sale con BRYAN del escenario.

EDU.— ¿Y le has escrito alguna vez para contárselo?

ANE.— ¿A Sheyla?

EDU.— Claro.

ANE, muerta de vergüenza, niega con la cabeza.

THIAGO.— Seguro que le gustaría escucharlo... A mí me encantaría saber que he hecho algo que ha ayudado a alguien.

EDU.— Para eso hemos creado el canal, ¿no? Para ayudar a más gente.

THIAGO.— Ya, y para hacernos ricos, también. Pero, de momento, ni nos hemos hecho ricos ni hemos ayudado a nadie.

ANE.— Cero unidades de éxito, la verdad.

EDU.— Podríamos mandarle un mensaje. Tiene página web, ¿no?

ANE.— Sheyla debe de recibir miles... No va a responder a uno nuestro. Además, con lo que ha dicho hoy en la rueda de prensa, su página debe de estar colapsada con gente ofreciéndose de teloneros.

Aparecen en escena EMMA, ZINEB e ISAAC, también con sus ordenadores, por el lateral derecho, ocupando el mismo lugar donde antes hemos visto a SHEYLA.

EMMA.— Hey.

ANE.— ¿Emma?

EMMA.— ¿Estáis conectados?

EDU.— ¿Por?

EMMA.— Hemos tenido una idea.

ZINEB.— *(Matizando y señalando a EMMA).* Ha tenido una idea.

ISAAC.— *Ella* ha tenido una idea.

ZINEB.— Y no es buena.

EMMA.— ¿Queréis no ser tan pesimistas?

THIAGO.— Justo lo que yo decía. Que ya está bien de pesimismo. Venga, cuéntanos tu idea.

EMMA.— ¿Vosotros también estáis hartos de los Súper Súper?

EDU.— ¿Y quién no?

Salen, también con sus ordenadores, MARTINA, SALMA, ESTHER, HUGO, JUSTIN y QIANG, que se sitúan en el lateral izquierdo mientras se escriben entre los seis.

MARTINA.— Va a ser una superfiesta.
SALMA.— Una supersuperfiesta.
ESTHER.— Una supersupersuperfiesta.
HUGO.— ¿Y a quién vais a invitar?
MARTINA.— A vosotros.
JUSTIN.— ¡Bien!
MARTINA.— A nosotras.
SALMA.— ¡Superbién!

MARTINA.— Y...
ESTHER.— ¿Y?
MARTINA.— No me presiones.
ESTHER.— Perdón.
HUGO.— ¿A quién más?
MARTINA.— No sé.
QIANG.— ¿No sabéis?
MARTINA.— Nuestra clase da mucha pereza...
SALMA.— Entonces va a ser una superfiesta con superpoca gente.

MARTINA resopla contrariada, cierra su ordenador y sale. Los demás salen tras ella, llamándola y tratando de que regrese.

EDU.— Estamos muy hartos de los Súper Súper, sí.

ISAAC.— La primera en llamarme Wonka fue Martina. Eso no se olvida fácilmente.

ANE.— ¿Cómo pasó?

ISAAC.— En primero. Estaba comiendo un bollo de chocolate en el patio y me manché la nariz. No me di cuenta y entré a clase sin quitármela. Ahí empezó todo. Desde entonces soy Wonka.

ZINEB.— A mí me tocó Miércoles un día que mi madre se empeñó en hacerme trenzas.

EDU.— Se creen que pueden hacer lo que les dé la gana.

ZINEB.— Y eso se tiene que acabar.

EMMA.— Se me ha ocurrido una manera de darles una lección.

ANE.— ¿Cuál?

EMMA.— Pensadlo bien: ¿qué es lo que más les puede molestar?

THIAGO.— ¿A los Súper Súper? Que nadie piense que lo son.

EMMA.— Exacto. Y para eso alguien tiene que ser aún más Súper Súper que ellos.

EDU.— No te sigo...

EMMA.— Hay que sumar fuerzas... Vosotros ponéis el canal y nosotros el cebo.

ANE.— ¿Qué cebo?

EMMA.— Lo importante es guardar el secreto. Solo nosotros seis podemos saber lo que está pasando.

EDU.— Mmmm... No sé... ¿Y engañar al resto?

EMMA.— No sería un engaño de verdad. Solo una mentira pequeñita. Para ayudarlos. Además, al final se lo explicaríamos todo. Si se lo contamos antes, no va a funcionar. Necesitamos que ellos también se crean que está pasando de verdad.

ANE.— ¿Pero que es verdad qué?

EMMA.— Que vais a entrevistar a Sheyla.

ANE, THIAGO Y EDU.— *(A la vez).* ¿¿¿Cómo???

Escena 7
La exclusiva

THIAGO, ANE y EDU están en el cuarto de EDU, a punto de grabar un vídeo para su canal de YouTube.

THIAGO.— *(Colocando la cámara).* ¿Estamos?
ANE.— Estamos.

THIAGO le da a grabar y corre a colocarse con EDU y con ANE.

EDU.— ¡Tenemos un notición!
ANE.— Alguien muuuuy importante...
THIAGO.— Y con muuuucho éxito...
EDU.— Y con muuuuchos seguidores...
ANE.— ¡Va a estar en nuestro canal!
EDU.— Tres pistas...

THIAGO.— Uno: música.

ANE.— Dos: gira.

EDU.— Tres: talento.

THIAGO.— Está claro, ¿no?

ANE.— Pues esta semana hablaremos con ella para que nos cuente algunos de sus secretos.

THIAGO.— Y eso va a ser aquí.

EDU.— En Thiagoeduane.

ANE.— *(Cambiando radicalmente el tono).* Corta.

EDU.— ¿Qué pasa ahora?

ANE.— El nombre. Que suena fatal.

THIAGO.— Parece un trabalenguas, tío.

EDU.— Son nuestros nombres.

THIAGO.— Ya, pero todos juntos, no sé...

EDU.— Es original.

ANE.— Es rarísimo.

THIAGO.— Quita el nombre y ya está.

EDU.— A mí me gusta...

ANE.— A ti no te puede gustar.

THIAGO.— Ni a ti ni a nadie.

EDU.— *(Editando el vídeo).* Vale...

ANE.— *(Preocupada).* ¿Y cómo lo vamos a hacer?

THIAGO.— Como dijimos, ¿no? Si ponemos imágenes de otras entrevistas de Sheyla, lo mismo no se nota.

ANE.— Se va a notar.

EDU.— Que no, Ane, ya verás. Yo me encargo de editar el fondo para que parezca que ha estado aquí.

ANE.— Como nos pillen, vamos a hacer el mayor ridículo de la historia...

THIAGO.— No nos van a pillar.

EDU.— *(Revisando el vídeo que acaban de grabar)*. Entonces, ¿dónde corto?

ANE.— Cuando Thiago dice: «Y eso va a ser aquí». Corta ahí y luego métele algo de música.

EDU.— ¿Qué música?

ANE.— ¿¿¿Cómo que qué música???

ANE Y THIAGO.— *(Cantando a la vez la canción de SHEYLA que hemos escuchado escenas atrás).*

No decides quién soy.
Ni siquiera lo sabes.
Ni siquiera imaginas
el poder de mi voz.

EDU.— Vale, vale. Ya voy... Pero el nombre molaba. ¡Y cantáis fatal!

ANE y THIAGO se ríen de lo cabezota que es su amigo y los tres se ponen a editar el vídeo para subirlo cuanto antes a su canal... sin nombre.

Escena 8
El rumor

Miércoles por la tarde. El grupo está en el aula que les han cedido para que puedan ensayar, dispuesto a ponerse con la canción. DANNA, EMMA y ZINEB rodean a LUCAS, que les enseña su cuaderno.

DANNA.— *(Leyendo el cuaderno).* Me gusta.

LUCAS.— ¿En serio?

DANNA.— Es bueno. Pero...

LUCAS.— ¿Sí?

DANNA.— Pensaba que iba a ser triste.

EMMA.— ¿Como tus textos?

DANNA.— Y dale...

LUCAS.— Es que mi vida no es triste, Danna. Mi vida es difícil. No es lo mismo.

DANNA.— Ya... Lo siento, tío. Te debo de haber parecido tontísima.

LUCAS.— Qué va... A mucha gente le pasa. Pero porque no nos enseñan a mirar bien. Lo vemos todo siempre desde arriba, ¿sabes?, en vez de verlo de verdad.

DANNA.— Eso deberías incluirlo en la letra...

POL.— *(Entrando con XINYI e ISAAC. Ilusionado).* ¿Ya tenemos canción?

DANNA.— *(Señalando a LUCAS).* Casi.

POL.— Genial. Porque así podemos ir pensando en la coreo.

XINYI.— ¿Hasta qué hora nos dejan estar hoy aquí?

DANNA.— El conserje nos ha dicho que hasta las siete.

ZINEB.— *(A XINYI).* La voz principal deberías hacerla tú.

XINYI.— ¿No queríamos ser un grupo?

DANNA.— Ya, pero podemos ser un grupo patético o un grupo guay. Y, para que sea guay, se te tiene que oír mucho a ti.

LUCAS.— Aún hay que terminar la letra...

ISAAC.— Cada uno podría añadir un verso. ¿Qué os parece?

EMMA.— Menos Danna, que fijo que en su verso morimos todos.

DANNA.— *(Con sarcasmo)*. Ja-ja.

POL.— *(Pidiéndole el cuaderno a LUCAS)*. ¿Puedo?

LUCAS asiente y POL empieza a leer su contenido.

POL.—

A veces me gustaría
no temer al tiempo...

SHEYLA aparece por un lateral. POL mueve los labios leyendo el poema (sin que ahora escuchemos su voz) y ella canta la letra de LUCAS. Todos, menos POL, la miran.

SHEYLA.—

A veces no quiero

tener que pensar.
A veces todo
podría ser diferente.
Y mi vida una playa
donde poder bailar.
A veces pienso
que voy a vencer.
A veces siento
que soy sol y mar.

SHEYLA sale. El resto se quedan un segundo en silencio.

EMMA.— ¿Habéis pensado lo mismo que yo?

Todos asienten.

DANNA.— *(A LUCAS).* Sheyla tiene que conocerte. Si ella cantara tu tema, habría mucha gente que hablaría de ello. Y a lo mejor así...

LUCAS.— ... aprendíamos a ver.

DANNA.— Exacto.

EMMA.— Deberíamos intentar ser sus teloneros.

XINYI.— Y viajar a la Luna también.

LUCAS.— *(A ISAAC).* A mí me ha gustado tu idea.

ISAAC.— ¿En serio?

LUCAS asiente.

ISAAC.— Es por lo de «soy sol y mar». Cada uno podríamos continuarla añadiendo qué sentimos que somos.

DANNA.— Yo no tengo ni idea...

ZINEB.— Ni yo.

DANNA.— Pues nos va a quedar un texto precioso...

POL.— Yo sí que lo sé. Soy... *(Da unos pasos de baile).* Esto.

Entran THIAGO, ANE y EDU, seguidos de MARTINA, SALMA y ESTHER.

MARTINA.— Es mentira.

SALMA.— Tiene que ser mentira.

ESTHER.— Una supermentira.

MARTINA.— *(A SALMA y ESTHER).* No necesito tanto eco. Gracias.

EDU.— Vale, pues es mentira.

ANE.— Si vosotras decís que es mentira, es mentira.

EMMA.— ¿Qué se supone que es mentira?

EDU.— Que vamos a entrevistar a alguien muy importante...

POL.— ¿Cómo de importante?

THIAGO.— Como para ser una estrella del pop.

POL.— ¿No será...?

EDU.— Es.

POL.— ¿¿¿Sheyla???

THIAGO y EDU asienten. ANE también, aunque menos convencida que sus compañeros.

POL.— Guau.

MARTINA.— Imposible. Ninguna estrella está a vuestro nivel.

ANE.— ¿Y al vuestro sí?

SALMA.— ¿Cómo habéis conseguido hablar con ella?

ESTHER.— ¿Cuándo habéis quedado?

SALMA.— ¿Dónde la vais a ver?

MARTINA.— En ninguna parte. Esa entrevista es un bulo y va a arruinar vuestro microcanal.

SALMA.— De siete seguidores a cero en tiempo récord.

POL.— Entonces, ¿es cierto o no?

EDU.— Pues claro que es cierto.

LUCAS.— *(Ilusionado)*. Es nuestra oportunidad.

DANNA.— Si vais a hablar con ella, le podéis hacer llegar nuestra canción.

ANE, THIAGO y EDU se quedan paralizados: necesitan una idea que los saque del callejón sin salida en el que se encuentran.

ISAAC.— ¡Claro! Ahora sí que tenemos que terminarla.

LUCAS.— Sería genial...

ANE.— *(Intentando enfriar su entusiasmo).* Bueno... De momento solo vamos a... *(Busca con la mirada la ayuda del resto de los cómplices en su plan).*

THIAGO.— Es que de momento solo vamos a hablar con...

EDU.— Eso, eso, lo primero es que vamos a hablar con...

Ninguno de los tres sabe qué decir y buscan a EMMA con la mirada.

EMMA.— Su representante.

DANNA.— ¿Con Dunia Stars?

ANE.— Eso.

MARTINA.— *(Escéptica).* ¿Y la vais a entrevistar?

ANE.— Pues...

EDU.— Claro que sí.

THIAGO.— Primero a Dunia y luego a Sheyla.

MARTINA.— Mmmm... ¿Cuándo?

ANE.— La verdad es q...

THIAGO.— Mañana por la tarde.

ANE.— ¿Mañana?

THIAGO.— No me digas que se te ha olvidado, Ane.

MARTINA.— Sois raros siempre. Pero hoy lo estáis más.

XINYI.— ¿Y podemos ir nosotros también?

EDU.— ¿Dónde?

XINYI.— A la entrevista, ¿dónde va a ser?

ANE.— Pues no, por...

THIAGO.— Porque es muy tímida.

ANE.— Sí.

THIAGO.— Dunia Stars es muy tímida.

XINYI.— Imposible. En su curro no se puede ser tímida.

EDU.— Ya, pero ella sí que lo es. Porque...

MARTINA.— *(Invitándole a que acabe la frase).* Porque...

EDU.— Porque a Sheyla solo le gusta trabajar con gente tímida.

ANE.— Mucho. Le gusta muchísimo la gente tímida.

POL.— *(Extrañado).* Pero si Dunia tiene fama de trabajar genial con todo el mundo. Sheyla siempre habla de lo guay que es su repre.

ESTHER.— ¿Y a qué hora es?

ANE.— ¿El qué?

ESTHER.— ¡La entrevista!

ANE.— Eso digo yo... *(Mirando a EMMA con disimulo).* ¿A qué hora es?

EMMA.— A las siete. En directo.

MARTINA.— Perfecto. Lo veremos. Va a ser divertido tener algo más para reírnos de vosotros de aquí a final de curso.

SALMA.— Mucho. Muy divertido.

ESTHER.— Muchísimo.

MARTINA.— ¿Qué parte de que no necesito eco no habéis entendido?

SALMA y ESTHER se miran entre sí, ligeramente molestas, pero bajan la cabeza y retroceden un paso más. Sale primero MARTINA y ambas la siguen. THIAGO, EDU y ANE respiran aliviados.

LUCAS.— *(A ANE, THIAGO y EDU)*. Gracias.

THIAGO.— ¿Por?

LUCAS.— *(Entregándoles su cuaderno)*. Por intentarlo.

EDU.— Mejor no nos des las gracias todavía... Que lo mismo su repre no aparece.

THIAGO.— Claro, las repres tienen una agenda muy complicada.

EDU.— Y la de Dunia, uf, debe de ser terrible.

ANE.— Si ella no viene, no le podemos dar nada para Sheyla.

LUCAS.— Bueno, pero intentarlo ya vale la pena, ¿no?

POL.— Mañana estaremos todos pendientes.

EDU.— *(Muerto de miedo, igual que ANE y THIAGO)*. Qué bien...

ANE.— Mucho.

THIAGO.— Muy bien.

Escena 9
Mentiras

THIAGO, EDU, ANE, ZINEB, EMMA e ISAAC están en el almacén de la tienda de los padres de EMMA. Entre todos intentan caracterizar a ZINEB con los mismos rasgos de DUNIA: ropa parecida, gafas idénticas y una peluca pelirroja, como el cabello de la representante de SHEYLA.

ISAAC.— Nos van a pillar...
EMMA.— Ya veréis como no.
ZINEB.— Se va a notar que soy yo.
EMMA.— Si interpretas bien tu papel, no.
ZINEB.— ¿Y yo desde cuándo soy actriz?
EDU.— Desde que necesitamos que alguien sea Dunia Stars para que los Súper Súper no nos amarguen el resto del curso.

ANE.— *(Buscando en su ordenador).* ¿Ves?

ZINEB mira la pantalla, ANE le da al Pause y, en ese momento, salen DUNIA, BRYAN y SHEYLA por el lateral contrario. Los tres están congelados en la rueda de prensa del lunes.

ANE.— Sois igualitas. Solo nos falta la peluca.

ZINEB se acerca a DUNIA y se compara con ella.

ZINEB.— No sé...

ZINEB vuelve con el resto y BRYAN, SHEYLA y DUNIA desaparecen de nuevo.

ISAAC.— *(Pasándole una peluca a ZINEB).* Prueba con esta.

ZINEB.— Con esta parezco Morticia. Y ya bastante tengo con ser Miércoles.

ISAAC.— *(Dándole otra, esta vez de un color muy chillón).* ¿Y esta?

ZINEB.— Si van a entrevistar a una estrella del circo, a lo mejor. Pero para la repre de una diva del pop, como que no.
ISAAC.— Ya... Vente, que he traído alguna más.

Salen ZINEB e ISAAC.

ANE.— *(Con el cuaderno de LUCAS en la mano).* ¿Y a los demás qué les vamos a decir?
EMMA.— ¿Cuándo?
ANE.— Cuando haya que contarles la verdad...
EMMA.— Ni idea. Ya lo pensaremos...
EDU.— ¿No deberíamos pensarlo antes?
THIAGO.— Pobre Lucas, ¿no? Está tan ilusionado con que le demos su letra...
EMMA.— Pues no se lo decimos.
ANE.— ¿Cómo que no?
EMMA.— Si lo hacemos bien, no tienen por qué descubrir que es mentira.
ANE.— No sé yo si me parece bien...
EMMA.— Sería una mentira bonita.
ANE.— Ya, bueno, pero seguiría siendo mentira.

EDU.— Ane tiene razón.

EMMA.— A veces las mentiras también son necesarias.

THIAGO.— ¿Ah, sí?

EMMA.— Imagina que no me gusta tu camiseta y te lo digo.

THIAGO.— Pues no pasaría nada.

EMMA.— *(Muy borde).* Tu camiseta es horrible.

THIAGO.— *(Dolido).* Pero si es mi favorita...

EMMA.— ¿Lo ves? Si te miento y te digo que me gusta, es mejor.

THIAGO.— Entonces, ¿te gusta o no te gusta mi camiseta?

EMMA.— Que eso ahora da igual. No estamos hablando de tu camiseta.

THIAGO.— ¿Cómo que no?

EDU.— Emma tiene razón. Confesar la verdad no va a hacer bien a nadie. Y a nosotros, aún menos.

Entra ISAAC.

ISAAC.— ¿Listos?

Todos asienten.

ISAAC.— ¡Zineb!

Entra ZINEB, caracterizada de tal modo que resulta completamente irreconocible: es la doble perfecta de DUNIA.

ZINEB.— ¿Zineb? ¿Quién es Zineb? Yo soy Dunia Stars, la representante de las estrellas.

Eleva los brazos con teatralidad y, sin darse cuenta, se quita a sí misma la peluca.

ANE.— *(Pesimista. A THIAGO).* Esto pinta un poco regular...
THIAGO.— Fatal.

Los dos asienten resignados.

Escena 10

La entrevista

MARTINA, SALMA y ESTHER se encuentran en el parque del barrio con HUGO, QIANG y JUSTIN. MARTINA lleva una tablet y los otros cinco se han sentado alrededor de ella.

QIANG.— No va a aparecer nadie.

MARTINA.— Y, entonces, ¿por qué lo han anunciado?

ESTHER.— ¿Porque son patéticos?

Los demás se ríen y SALMA choca las manos con ella.

MARTINA.— *(Negando con la cabeza).* No sé... Aquí hay algo muy raro.

HUGO.— Y tan raro.
MARTINA.— A ver, que empiezan...

Todos miran a la tablet mientras, en el otro lateral, salen EDU, THIAGO y ANE. Sus comentarios se mezclan con lo que están viendo.

EDU.— Dijimos que estaría...
ANE.— ... y aquí está.
THIAGO.— Hoy, en Thiagoeduane...

SALMA.— ¿En dónde?
QIANG.— Son lo peor hasta poniendo nombres.
MARTINA.— Shhh...

EDU.— ... vamos a entrevistar a una persona fundamental en la vida y el trabajo de una gran estrella.
ANE.— Y ella es...

THIAGO simula el redoble de una batería.

HUGO.— No puedo... En serio... No puedo. Esta gente da mucho lache.

ANE.— ¡Dunia Stars! La representante de Sheyla.

Entra ZINEB caracterizada como DUNIA.

EDU.— Gracias por venir, Dunia.

ZINEB sonríe, intentando fingir naturalidad sin mucho éxito.

ANE.— Y cuéntanos, antes de nada, ¿en qué consiste tu trabajo?

ZINEB.— *(Mirándolos sorprendida y fingiendo una voz mucho más grave que la suya).* ¿Mi qué?

ANE.— Tu trabajo. Explícanos un poco en qué consiste ser la representante de una artista como Sheyla.

ZINEB.— Bueno... Pues ser representante es... básicamente... representarla.

MARTINA.— Brillante.

SALMA.— Y sorprendente.

ESTHER.— Nunca se me habría ocurrido que una representante... representa.

HUGO.— Como todas las preguntas sean así...

JUSTIN.— Ya ves.

MARTINA.— ¿Os queréis callar?

HUGO.— *(A JUSTIN).* ¿Te quieres callar?

THIAGO.— Explícanos un poco más...

ZINEB.— ¿Más?

THIAGO.— Claro, Dunia, ¿eso de representar en qué consiste exactamente?

ZINEB.— *(Abriendo mucho los ojos y haciendo gestos para que sus amigos entiendan que quiere que pasen a otras preguntas más fáciles).* A ver... Es que son tantas cosas...

EDU.— Pues dinos alguna.

ZINEB.— *(Perdiendo los nervios y con su propia voz).* ¿¿¿Para qué??? *(Respira hondo al darse cuenta de que puede echarlo todo a perder y vuelve a fingir serenidad).* Quiero decir... Que para qué vamos a hablar de mi trabajo cuando podemos hablar de Sheyla.

EDU.— Venga, vale, pues vamos a hablar de Sheyla.

THIAGO.— ¿Dónde está ahora mismo?

ZINEB.— *(Alucinando con la pregunta).* ¿Ahora mismo?

THIAGO.— Por ejemplo.

ZINEB.— *(Improvisa).* Ensayando.

ANE.— ¿Para el concierto?

ZINEB.— *(Aliviada, al ver que ese tema sí lo puede manejar más fácilmente).* Claro.

EDU.— ¿Y nos puedes adelantar cómo va a ser ese concierto? Porque todos tienen siempre algo especial.

ZINEB.— *(Hablando con su voz natural).* Es que si te lo digo... *(Tras darse cuenta, cambia de nuevo la voz).* Si te lo digo, ya no es especial...
EDU.— ¿Ni una pista?

MARTINA.— Son los peores entrevistadores del mundo.

HUGO.— Estos no pasan de siete seguidores en la vida.

SALMA.— Y ella es como que... No sé, como que...

ESTHER.— ¿Como que qué, Salma?

SALMA.— Como que me suena...

ZINEB.— ¿Una pista? Va a haber sorpresas...
ANE.— Eso no es una pista.
ZINEB.— ¿Cómo que no?
ANE.— Con Sheyla siempre las hay.

EDU.— Además, ella misma ya nos ha dicho una de ellas: que en esta gira habrá teloneros locales.

ANE.— ¿Era eso lo que nos ibas a contar?

ZINEB.— Sí, sí... Digo, no.

THIAGO.— ¿No?

ZINEB.— Es que esta vez puede que ocurra algo que no ha ocurrido antes...

THIAGO.— ¡Eso es una exclusiva!

ESTHER.— *(Con interés)*. ¡Una exclusiva!

MARTINA.— *(Muy enfadada)*. Pero ¿tú con quién vas?

ESTHER.— *(Agachando la cabeza)*. Contigo, contigo.

MARTINA.— Y yo me niego.

SALMA.— ¿A qué?

MARTINA.— ¡Me niego a que estos absurdos tengan una exclusiva!

ANE.— Suéltalo todo, Dunia.
EDU.— ¿Qué es eso que no ha ocurrido antes?
ZINEB.— Pues...
THIAGO.— Dinos.
ZINEB.— *(Improvisando sobre la marcha)*. Que Sheyla va a cantar un tema que no ha compuesto ella.

MARTINA.— ¡Eso es imposible!
SALMA.— ¡Es imposible que tengan una exclusiva!
MARTINA.— Que no, Salma, que no. La exclusiva acaban de darla, así que ya no es imposible. Ahora estamos con otra cosa: lo imposible es que eso que ha dicho Dunia Stars sea verdad.
SALMA.— ¿Por qué?
MARTINA.— Sheyla nunca canta temas que no sean suyos.
HUGO.— ¿Los compone todos ella?
JUSTIN.— ¿No lo sabías?

HUGO.— ¿Qué quieres decir tú ahora? ¿Eh? ¿Que debería saberlo?

JUSTIN.— (*Avergonzado*). No, no...

HUGO.— Pues eso. Ni lo sé ni me importa. Yo a la Sheyla esa tampoco la sigo mucho.

MARTINA.— (*Indignada*). ¿Que no la sigues mucho?

HUGO.— (*Corrigiéndose, arrepentido*). Seguía... No la seguía mucho. Ahora soy muy fan.

QIANG.— Pero si tú no...

HUGO.— (*Dándole un codazo para que se calle*). Soy superfán. Me flipa lo que hace.

MARTINA.— Y lo que hace es cantar temas suyos. Siempre. ¿Lo veis? Esa tía no puede ser su repre. Esa tía tiene que ser un *fake*.

EDU.— ¿Y nos puedes decir quién ha compuesto ese tema?

ZINEB mueve la cabeza para decir que no con tanta energía que se le descoloca la peluca. Mientras sigue hablando, ANE, EDU y THIAGO le hacen gestos disimulados para que se la ponga bien de nuevo.

ZINEB.— Aún no. Porque... Porque lo está buscando.

ANE.— *(Señalando a su peluca y marcando mucho las palabras para intentar que se dé cuenta de una vez).* Ya veo que, como no tienes ni un pelo de tonta, no nos vas a decir el nombre de los compositores.

ZINEB por fin se da cuenta de lo que quieren decirle y se coloca bien la peluca.

ZINEB.— No puedo. Todavía está eligiendo la letra que más le guste. Le mandan tantas cada día...

ANE.— Entonces pasamos mejor a otra pregunta.

ZINEB.— *(Desesperada)*. Pero ¿no se nos ha acabado ya el tiempo?

THIAGO.— Todavía nos queda...

ZINEB.— Que no, que no nos queda nada...

ANE.— *(Echándole una mano)*. Dunia tiene razón. Seguro que Sheyla la necesita.

EDU.— Qué fantasía ha sido hablar contigo.

ANE.— Gracias, en serio.

ZINEB.— A vosotros. *(Con mucha ironía)*. Gracias por ponérmelo tan fácil.

ZINEB sale de escena casi corriendo, seguida después por EDU, THIAGO y ANE, que abandonan también el escenario.

MARTINA.— *(Dejando a un lado la tablet y mirando al resto)*. ¿Qué pensáis?

QIANG.— Que han cortado demasiado rápido. Yo le habría hecho más preguntas.

JUSTIN.— Y les ha faltado ritmo.

ESTHER.— Y un decorado un poco más alegre.

SALMA.— ¿A que tú también lo has pensado?

QIANG.— Y una música al final o algo.

JUSTIN.— Y más primeros planos.

MARTINA.— *(Resoplando, harta de que no la entiendan).* Que qué pensáis de lo que ha dicho ella, no del programa.

HUGO.— ¿Te refieres a si estaba mintiendo?

MARTINA.— Exacto.

HUGO.— ¿Y por qué iba a mentir la repre de Sheyla?

MARTINA.— Porque a lo mejor no tiene ni idea de lo que va a hacer Sheyla.

ESTHER.— Eso es imposible.

MARTINA.— ¿Por qué?

ESTHER.— Porque entonces Dunia no sería su repres... *(Cayendo en la cuenta).* Aaaahhhh...

QIANG.— ¿Crees que nos han engañado?

MARTINA.— Puede.

HUGO.— Pero entonces se han arriesgado mucho. Porque han asegurado que va a pasar algo que no va a pasar. Y acabaremos enterándonos.

JUSTIN.— Eso hundiría su canal para siempre.

MARTINA.— Tenemos que ser las primeras en enterarnos de todo lo que ocurra en ese concierto. No sé cómo, pero hay que conseguirlo.

HUGO.— ¿Y tu fiesta?

MARTINA.— Aplazada.

TODOS.— Nooooo...

MARTINA.— *(Decidida).* Sí. Aplazada hasta que averigüemos la verdad. Venid, se me acaba de ocurrir una idea.

La rodean en corro y, asegurándose de bajar mucho la voz, MARTINA les explica su plan.

Escena 11

Esperanza

Tarde de viernes. En el aula de ensayo están trabajando ISAAC, EMMA, LUCAS, ZINEB, POL, XINYI y DANNA. ZINEB entra en silencio, muy seria, sin decir ni una palabra.

POL.— ¡Que sí que lo dijo, Lucas! Dunia Stars dijo ayer que Sheyla va a cantar por primera vez un tema que no es suyo.

ISAAC.— ¿Y la vais a creer?

POL.— Es su repre, Isaac, ¿por qué no la íbamos a creer?

EMMA.— *(Tratando de ayudar a ISAAC).* Porque la tía esa iba loquísima…

XINYI.— A mí me pareció un poco rara, la verdad.

DANNA.— Vale, era rara, sí, pero no va a soltar una mentira así en la tele…

ISAAC.— Es que eso no es la tele. Eso es un canal que vemos siete personas. Vamos, que es como si lo hubiera dicho en el salón de actos del cole. No lo ha visto nadie más.

XINYI.— Pero podrían verlo, ¿no?

POL.— *(Negando con la cabeza)*. Lo borraron después de emitirlo. Solo se vio en directo.

DANNA.— ¿En serio?

XINYI.— Eso sí que es raro…

DANNA.— ¿Y si esa mujer no era Dunia Stars? O peor…

POL.— ¿Peor?

DANNA.— ¿Y si Dunia Stars ni siquiera existe?

POL.— Eso sería imperdonable.

ISAAC.— A ver, tanto como imperdonable…

XINYI.— ¿No te parece que es gravísimo que te engañen así, a la cara?

EMMA.— Es que tampoco nos habrían engañado.

POL.— ¿Ah, no? *(Señalando a LUCAS)*. Porque habrían ilusionado a un amigo para nada.

LUCAS.— *(Defendiéndose)*. Bueno, yo tampoco me he ilusionado... Es imposible que la canción elegida sea la mía.

EMMA.— Si queréis, os calculo las probabilidades, pero es verdad que son poquísimas.

POL.— Pero podría...

LUCAS.— Ya. Eso también lo sé. Cuando tu vida es como la mía aprendes que la esperanza es siempre una posibilidad. No te queda otra.

XINYI.— ¿Veis como sí sería un engaño?

EMMA.— A ver, a ver, a ver... Un poco de calma. Que aquí nadie está engañando a nadie.

ISAAC.— Uno: no sabemos si nos están engañando. Y dos: no sería un engaño, sería algo así como...

EMMA.— ... un juego.

DANNA.— ¿Un juego? Pero ¿vosotros os estáis oyendo?

POL.— *(A LUCAS)*. Tú, por si acaso, deberías acabar tu letra.

LUCAS.— ¿No me ibais a ayudar?

Entran MARTINA, ESTHER y SALMA, que han estado escuchando la conversación al otro lado de la puerta.

MARTINA.— Te vamos a ayudar.
ESTHER.— Nosotras.
SALMA.— Y ellos, también.

SALMA señala a la puerta y entran HUGO, JUSTIN y QIANG.

POL.— *(Con cara de asco).* ¿Vosotros?
MARTINA.— Vamos a terminar esa canción hoy mismo. Vamos a pedirle a los tres *youtubers* supertristes que se la hagan llegar a Dunia Stars y vamos a ver si es verdad que Sheyla la canta en su concierto.
ISAAC.— Pero eso es imposib...
MARTINA.— Te equivocas, Wonka. Y te equivocas mucho. Porque aquí van a pasar las tres cosas. Una por una.

Entran EDU, THIAGO y ANE.

EDU.— ¿Qué es lo que va a pasar?

MARTINA.— Que vamos a asegurarnos de que Sheyla canta nuestra canción. Con vuestra ayuda. ¿O nos vais a decir ahora que no se la podréis hacer llegar a Dunia Stars?

Escena 12
Carpetas

SHEYLA ensaya con BRYAN en un local la coreo de uno de sus temas. DUNIA entra y los observa hasta que SHEYLA, de repente, se detiene y para la música.

DUNIA.— ¿Qué pasa ahora, Sheyla?

SHEYLA.— Que esto no tiene alma.

DUNIA.— ¿Y eso qué se supone que quiere decir?

SHEYLA.— Bryan, explícaselo tú, anda.

BRYAN.— Está vacío.

DUNIA.— Pues cambiad la coreo.

SHEYLA.— No es solo la coreo, Dunia... Es todo. Es la música, es la letra, es cantar otra vez más lo mismo. ¿Cuántos *singles* iguales llevamos?

DUNIA.— No son iguales. Son parecidos.

SHEYLA.— Son tan parecidos que no los distingo ni yo: *Amor sin fin*, *Más allá del amor*, *Enamórame*, *Te enamoré*, *Nos enamoraremos*... Con el verbo *enamorarse* nos hemos pasado ya toda la conjugación.

DUNIA.— *(A BRYAN).* ¿Y tú qué opinas?

BRYAN.— ¿Yo?

DUNIA.— Sí, tú, ¿qué piensas?

BRYAN.— Que es verdad. Necesitamos algo nuevo. A mí tampoco se me ocurren muchos más pasos: nos hemos *enamorado* de todas las formas posibles.

SHEYLA.— Además, es mentira.

DUNIA.— Ya estamos otra vez con eso...

SHEYLA.— «Eso» es mi verdad. Y «eso» es que estoy harta de cantarle a un tío y esconder que tengo novia. ¡Que el siglo XXI empezó hace mucho, Dunia!

DUNIA.— Pero a tus fans les gustas más así... Ya sabes lo que triunfan las carpetas. Y el salseo... Eres el *crush* de medio país. Y nos viene genial que te *shipeen* con Bryan.

BRYAN.— A mi novio tampoco le hace gracia.

DUNIA.— ¡Esto es arte, queridos! ¡Espectáculo! ¿Ahora os vais a poner exquisitos? Porque cuando no vendíamos ni un disco decíais que estabais dispuestos a todo.

SHEYLA.— Y lo estaba… Pero ahora tenemos millones de reproducciones en no sé cuántas plataformas y yo no siento nada. Como si lo que hago no fuera de verdad.

DUNIA.— Concéntrate, ensaya, sirve en este concierto y, cuando acabe, ya pensamos qué hacemos con eso de la verdad y tu movida filosófica. Pero no podemos arruinarlo todo ahora. Nos miran muchos ojos. *(Consultando su móvil)*. Es más, según los visionados de tu último vídeo en YouTube, nos miran casi un millón de ojos.

DUNIA sale y SHEYLA se queda sola con BRYAN.

BRYAN.— ¿Repetimos?

SHEYLA.— *(Negando con la cabeza)*. ¿Para qué? El problema no es tu coreo, Bryan.

BRYAN.— Podemos cambiar algo.

SHEYLA.— Pero es que yo necesito cambiarlo todo... Es como si me hubiese olvidado de por qué hago esto.

BRYAN.— A lo mejor necesitas pensar en cómo recordarlo.

SHEYLA.— A lo mejor...

Escena 13
El contraplán

Sábado por la mañana. EMMA, ISAAC y ZINEB están en la tienda de los padres de EMMA.

ISAAC.— ¿Ya habéis escrito vuestro verso?
EMMA.— Aún no.
ISAAC.— ¿Y tú, Zineb?

ZINEB niega con la cabeza.

ISAAC.— Pues lo necesitamos para mañana...
EMMA.— Por culpa de Martina. No sé cómo nos ha convencido...
ISAAC.— Su idea es buena: grabamos la canción y así Edu, Thiago y Ane se la mandan a Dunia para que se la dé a Sheyla.

EMMA.— Nos ha pillado.

ISAAC.— ¿Tú crees?

EMMA.— Es una trampa. Si no conseguimos que el vídeo llegue a Sheyla, es que lo de Dunia en el canal fue un *fake* de libro.

ISAAC.— Vamos a quedar de pena...

EMMA.— Y se van a estar riendo de nosotros lo que nos queda de Primaria, lo que haya de Secundaria y lo que nos quede luego de vida adulta.

ISAAC.— Zineb, ¿tú no vas a decir nada?

ZINEB se encoge de hombros.

EMMA.— Llevas callada desde la tarde de la entrevista.

ZINEB se vuelve a encoger de hombros y da una patada contra el suelo.

ISAAC.— Suéltalo. Lo que sea. Suéltalo.

ZINEB se muerde la lengua y niega obstinada con la cabeza.

EMMA.— Si estás pensando que es culpa tuya…

ZINEB.— *(Estallando).* ¡Pues claro que lo es! Es mi culpa. Y vuestra. Es culpa de los seis por atrevernos a creer que lo imposible también ocurre.

ISAAC.— Zineb, no es just…

ZINEB.— *(Estallando y desahogándose: al fin suelta todo lo que lleva dos días callando).* ¿En qué estaba pensando? Ni idea. Pero me lo creí. Me creí el personaje. Me creí que eso tenía sentido. Y hasta me creí que podía ocurrir algo tan imposible como que una estrella del pop se entere de que existimos nosotros. Pero, sobre todo, de que existe Lucas. De lo que le pasa. De que uno de nuestros amigos ha crecido sabiendo que no hay cura para él. Y que su vida cada día será un poco peor. Y eso no debería ser así. Todo el mundo debería saber que Lucas existe. Y que lo que le pasa existe. Y que hay que investigar mucho más. Y ayudar mucho más. Y pensar en la gente. Pero en la gente de verdad. No en la gente de esas canciones o de esas series donde todo el mundo es divino y perfecto y a nadie nunca le pasa nada. ¿Me entendéis?

ISAAC.— Pues hablando tan deprisa no sé... Pero yo creo que sí. Que lo que pasó es que queríamos ayudar y se nos fue la olla.

EMMA.— ¿Y si el plan de Martina funcionase?

ZINEB.— ¿El plan de las Súper Súper? Solo lo hacen para reírse de nosotros...

EMMA.— Ya, pero imagínate que funciona.

ZINEB.— Es imposible... Nosotros sabemos que nuestra Dunia Stars no existe.

EMMA.— Ya... Pero la Dunia Stars de Sheyla sí que es real.

ZINEB.— ¿Y qué hacemos? ¿Nos plantamos en su hotel y la secuestramos?

EMMA.— Secuestrarla no, pero...

ZINEB.— ¿Pero qué? ¿Tú te estás oyendo?

ISAAC.— Emma tiene razón, si averiguamos cuál es su hotel…

EMMA.— Eso en esta ciudad no es tan difícil.

ZINEB.— Hay muchos.

ISAAC.— No todos tienen las tres P que le gustan a Sheyla.

ZINEB.— ¿Las tres P?

ISAAC.— Lo leí en una entrevista: piscina interior, *pet-friendly* y spa.

EMMA.— *Spa* no empieza por P.

ISAAC.— Ya, pero se ve que lo de las dos P y una S sonaba peor que las tres P.

EMMA.— Podemos buscarlo en internet. Esta ciudad no es tan grande.

ZINEB.— ¿Para ir a acosarla a su hotel? ¿Os habéis vuelto locos?

ISAAC.— Venga, Zineb, piensa. Si tú fueras una estrella como ella, ¿empezarías una nueva gira en una ciudad tan poco interesante como la nuestra?

ZINEB.— No sé, ¿por?

ISAAC.— Porque yo creo que eso quiere decir algo. Yo creo que eso quiere decir que Sheyla es especial, pero de verdad.

ZINEB.— *(Con ironía).* Y por eso le va a encantar que vayamos a darle la brasa a su hotel.

ISAAC.— No perdemos nada intentándolo.

ZINEB.— La dignidad, Isaac. La poquita que nos queda y que vamos a perder para siempre.

EMMA.— A mí no me parece un mal plan.

ZINEB.— En realidad, la que está claro que tiene un plan es Martina.

EMMA.— Vale, pues el nuestro entonces es todavía mejor. Porque no es un plan.

ISAAC.— *(Sorprendido).* ¿Ah, no?

EMMA.— No: es un contraplán.

Escena 14
Tenemos que hablar

Sábado por la tarde. SHEYLA y BRYAN están en la habitación de ella, escuchando música mientras hablan y miran sus móviles. Llaman a la puerta, BRYAN se levanta a abrir y entra DUNIA.

DUNIA.— ¿Podemos hablar?

SHEYLA no responde.

DUNIA.— Sheyla...

En vez de responder, sube la música.

DUNIA.— Por favor...

SHEYLA sigue sin hacerle caso. DUNIA, cansada de intentar hacerse oír sin éxito, se acerca al altavoz y lo apaga.

DUNIA.— Sheyla, tenemos que hablar.
SHEYLA.— ¿De qué? ¿Del *outfit*? ¿De la *setlist*? ¿De qué cosa tan urgente tenemos que hablar?

DUNIA se lo piensa un segundo y hace acopio de fuerzas antes de seguir.

DUNIA.— Vale, a lo mejor me he pasado...
SHEYLA.— Soy una persona, Dunia. Una artista. Y a veces siento que me miras como si fuera un producto. Pero no lo soy. No soy un maldito detergente.
DUNIA.— Lo siento.

SHEYLA y BRYAN la miran en silencio.

DUNIA.— *(Sincera).* De verdad que lo siento... Pero quiero lo mejor para ti, Sheyla. Y me preocupa… Me preocupa que no te des cuenta de que, ahora mismo, hay mucha gente mirándote. Demasiada. Gente que estaría encantada de verte fracasar. De hacerte daño. Por eso…

SHEYLA.— *(Interrumpiéndola).* ¿Por eso no me dejáis que sea yo misma?

DUNIA.— He hablado con la discográfica. Les he dicho que quieres hablar de tu vida con libertad.

SHEYLA.— ¿Y qué han respondido?

DUNIA.— Eso da igual. Ya me encargaré yo de manejarlo. Pero en adelante puedes mencionar a tu novia todas las veces que te dé la gana.

SHEYLA se acerca a DUNIA y la abraza.

SHEYLA.— Gracias.

DUNIA.— A cambio…

SHEYLA.— Vaya, sabía que esto no iba a ser gratis…

DUNIA.— Solo quiero saber una cosa.
SHEYLA.— Dispara.
DUNIA.— ¿Por qué aquí? Esta ciudad no es precisamente Nueva York...

SHEYLA saca un cuaderno de su maleta. Se nota que es antiguo por el estado algo deteriorado de la cubierta. En su interior hay pegatinas, dibujos, recortes de revistas y también algunas fotografías. Busca una en concreto y se la enseña a DUNIA y a BRYAN.

SHEYLA.— Mirad.
DUNIA.— *(Sin acabar de entender).* ¿Y esto?
SHEYLA.— Venid.

BRYAN y DUNIA se acercan con SHEYLA a la ventana. Ella señala el paisaje que se ve fuera y la foto del cuaderno.

SHEYLA.— ¿Lo entendéis ahora?
DUNIA.— Entonces, ¿tú...?

SHEYLA.— *(Asintiendo. Mirando por la ventana, de espaldas).* Tenía solo tres años cuando mi madre y yo nos vinimos aquí... con otro nombre. Las dos. Al principio no lo entendí. Hasta que fui un poco mayor y ella pudo explicármelo... Era la mejor manera de estar a salvo. Aunque antes hubiera habido un juicio, y una sentencia, y una condena... A pesar de todo era mejor buscar otro lugar en el que empezar de nuevo, donde él ya no pudiera encontrarnos...

(Se gira y camina hacia la cama de la habitación, donde se sienta justo al borde).

SHEYLA.— Aquí no nos conocía nadie. Por eso me trajo. Para que pudiéramos sentirnos seguras. Y luego, cuando todo empezó, cuando llegó la suerte, pensé que era mejor largarme. Mudarme otra vez e inventarme otra vida. Otro pasado. Así no tendría que hablar de nada de eso... De ese infierno que yo no recuerdo porque era demasiado pequeña. Ese infierno que mi madre me contó mucho después, cuando pensó que ya podía entenderlo...

Ahora que he conseguido todo lo que soñaba, no sé, ahora que siento que mi voz sí que puede llegar a mucha gente necesitaba volver... Creo.

DUNIA.— *(Acercándose a ella y sentándose a su derecha, con cariño)*. Nunca nos habías dicho nada.

SHEYLA se encoge de hombros, sin saber qué decir.

BRYAN.— *(Sentándose a su izquierda)*. Sabes que puedes contar conmigo para lo que quieras.

SHEYLA asiente.

BRYAN.— *(Bromeando, tratando de rescatarla de su tristeza)*. Y no solo para robarme el maquillaje.

SHEYLA.— *(Dándole una palmada cariñosa en el hombro)*. ¡Oye! ¡Que yo nunca te he robado el maquillaje!

BRYAN.— ¿Cómo que no? ¡Pero si la mitad de las veces te olvidas el tuyo!

SHEYLA.— Porque el tuyo siempre me gusta más.

Los tres se ríen y, sin que SHEYLA pueda resistirse, DUNIA y BRYAN la abrazan con fuerza.

Escena 15

Solo es una canción

Domingo por la mañana. ISAAC, DANNA, LUCAS, XINYI, EMMA y POL están ensayando en el almacén de la tienda de los padres de EMMA. ISAAC toca una melodía con la guitarra.

ISAAC.— ¿Cómo os suena?

EMMA.— Bien.

ISAAC.— ¿Solo bien?

EMMA.— No sé... Es un poco triste.

POL.— Y no se puede bailar.

ISAAC.— Es que la canción tampoco es una fiesta.

LUCAS.— Ya, pero no es triste.

ISAAC.— *(Repasando la letra).*

A veces no quiero

tener que pensar.
A veces todo
podría ser diferente.

Muy alegre no suena...

POL.— «Podría ser diferente». Eso es alegre.

ISAAC.— «Podría ser diferente» es solo una posibilidad. No quiere decir que vaya a serlo.

LUCAS.— ¿Y os parece poco? Para mí eso ya es mucho. Cada día que me despierto y me siento bien ya es como una lluvia de felicidad.

POL.— ¿Y cuando nos toca madrugar?

LUCAS.— Bueno, ahí veo un poco menos de felicidad. Y, los lunes, ni te cuento.

XINYI.— Lucas tiene razón. Necesitamos una música con menos drama.

POL.— Y bailable. Si no, el vídeo va a ser un rollo y Sheyla va a pasar de nosotros.

EMMA.— *(Intentando que no se ilusionen en exceso).* Lo mismo pasa de nosotros de todas formas...

POL.— Ya verás como no.

DANNA.— Si la música de Isaac os parece triste, mejor no os enseño el final que había escrito yo.

EMMA.— No sé por qué, Danna, pero no me sorprende...

LUCAS.— Aquí no necesitamos un final. Es solo una canción. Con decir lo que sentimos bastaría.

ISAAC.— Eso es más difícil aún.

POL.— Pues habrá que intentarlo.

ISAAC.— Yo no tengo ni idea de cómo me siento. Antes sí, creo. Cuando éramos más pequeños era más fácil, ¿no?

EMMA.— Un poco... Yo ahora siento muchas cosas a la vez. Siento ganas de acabar el curso y de que sea verano, por ejemplo. Pero también siento ganas de que no termine. Por lo menos así no estoy trabajando en la tienda. Allí me siento, no sé, allí me siento atrapada, como si tuviera que vivir una vida que no es la mía, que es la de mis padres, pero es que, si no lo hago yo, no lo hace nadie, porque la tienda va regular, vamos, que va como tus cuentos, Danna, medio fatal, así que, si no echo una mano, lo mismo va todavía peor y tenemos que cerrarla, y luego mudarnos, y luego vete a saber qué más, porque seguro que luego hay mucho más y todavía peor.

DANNA.— Pues muy alegre, sí. Estáis ayudando muchísimo...

XINYI.— Yo creo que me siento un poco igual. Agobiada. Sí, justo eso. Agobiada por las notas que tengo que sacar, por lo que mis padres esperan de mí, por lo que yo misma espero de mí, y por las tardes que me toca ayudarlos y no puedo hacer lo que quiero hacer de verdad.

LUCAS.— Todo eso lo podríamos sumar.

EMMA.— *(Irónica).* Claro, en vez de «a veces siento / que soy sol y mar», ponemos «a veces siento / que soy tienda y bazar».

XINYI.— *(Riéndose).* Rimar, rima... Y lo podemos cantar juntas.

LUCAS.— No digáis tonterías. Hay que contarlo de otra manera.

XINYI.— Y cantarlo.

POL.— Y bailarlo.

EMMA.— Demasiadas cosas a la vez.

LUCAS.— Hay que intentarlo.

POL.— Lucas lleva razón: no todos los días tienes contacto con la repre de una estrella internacional que podría montar un número con tu canción.

EMMA.— *(Para sí, entre dientes).* No todos los días, claro que no...

EMMA.— A ver... *(Releyendo el texto de LUCAS).*

... y mi vida una playa
donde poder bailar.
A veces pienso
que voy a vencer.
A veces siento
que soy sol y mar.

ISAAC.— *(Cogiendo de nuevo su guitarra).* A lo mejor eso podría sonar así...

Prueba con algunas notas, se detiene, piensa un segundo y, por fin, se lanza a tocar una melodía mucho más festiva que la primera. Mira a XINYI y esta se anima y comienza a cantar la letra sobre su música.

XINYI.— *(Cantando).*

A veces me gustaría
no temer al tiempo.
A veces no quiero
tener que pensar.
A veces todo
podría ser diferente.
Y mi vida una playa
donde poder bailar.
A veces pienso
que voy a vencer.
A veces siento
que soy sol y mar.

ISAAC sigue tocando y mira a los demás para que se sumen cantando con sus voces y sus propias ideas. Entre todos, van improvisando juntos el resto de la canción.

EMMA.—

A veces sueño
que todo va a cambiar.

LUCAS.— *(Animando a sus compañeras y anotando sus ideas).* ¡Bien!

DANNA.—

A veces tiemblo
y otras quiero llorar.
A veces me da miedo
atreverme a volar.

POL.—

A veces he escondido
quién era de verdad.
Pero ahora soy yo mismo,
soy fuerza y…

POL, que no sabe cómo seguir, mira a XINYI buscando ayuda para que encuentre una palabra que encaje.

XINYI.— ... ¿libertad?
POL.— ¡Eso!
XINYI.—

A veces me equivoco,
a veces sé acertar,
solo quiero que entiendas
que yo soy de verdad.

ISAAC deja de tocar y todos aplauden.

LUCAS.— *(Feliz, tras anotar los versos de XINYI).* Pues yo creo que lo tenemos.
ISAAC.— Sheyla, prepárate.
EMMA.— *(Tratando de desviar el tema).* Y, si Sheyla no lo ve, nos da lo mismo. Lo importante es que nos guste a nosotros, ¿verdad? Y que la de Música nos suba la nota, ¿no?
TODOS.— *(Mirándola fijamente).* No.

ISAAC vuelve a tocar la melodía y POL sale a bailar. Enseguida se suman XINYI, DANNA y LUCAS. Solo EMMA permanece sentada, mirándolos.

POL.— ¡Vas a fliparlo, Sheyla!

EMMA.— *(Para sí, temiéndose lo peor).* Mucho... Lo vamos a flipar todos muchísimo...

Escena 16

¿Queréis un selfi?

Domingo por la tarde. EMMA, ISAAC, EDU, THIAGO, ANE y ZINEB están esperando en la puerta del hotel donde creen que se aloja SHEYLA.

THIAGO.— *(A EDU, que parece que está llorando).* ¿Estás bien?

EDU.— *(Completamente sereno, abandonando la pose anterior).* ¿Te lo has creído?

THIAGO.— Pero ¿se puede saber qué haces?

EDU.— Es mi pose triste. Si contigo ha colado, con Sheyla cuela también. Llanto intenso, mirada al suelo y un par de movimientos torpes con la silla. Nunca falla.

ANE.— No digas tonterías. Aquí nadie va a hacer teatro.

ZINEB.— Eso, que bastante teatro hemos hecho ya…

ISAAC.— No te rayes más.

EMMA.— Hay que centrarse en lo importante.

THIAGO.— Tenemos una misión.

ISAAC.— *(Al ver acercarse a SHEYLA junto a BRYAN)*. Y yo diría que la misión está llegando…

ANE.— Ante todo, calma. Que no nos vea desesperados.

ZINEB.— Estoy tranquila. Estoy tranquila. Estoy muuuuuy tranquila.

EDU.— Entonces, ¿no lloro?

ANE.— ¡Edu, por favor!

EMMA.— No hay que agobiarla, ¿vale?

Los seis asienten, respiran hondo y fingen serenidad. Pero, en cuanto SHEYLA y BRYAN pasan a su lado, se lanzan corriendo hacia ellos. Comienzan a hablar muy deprisa, casi a la vez.

ZINEB.— Sheyla, por favor…

ISAAC.— Somos tus fans...
THIAGO.— Tus mejores fans...
ZINEB.— Y necesitamos que nos ayudes...
ISAAC.— Por favor, por favor, por favor...
THIAGO.— Me sé todos tus temas...
ZINEB.— Y nos emocionan muchísimo...
THIAGO.— Mogollón. *(Señalando a EDU)*. Mira cómo llora mi amigo de la emoción.
EMMA.— *(A EDU, entre dientes)*. Llora.
EDU.— *(Desconcertado)*. Pero ¿no me habíais dicho que...?
EMMA.— ¡Que llores!

EDU pone cara de emoción y finge estar llorando.

THIAGO.— ¿Ves?
ISAAC.— Por eso nos tienes que ayudar...
ZINEB.— Por favor, por favor, por favor...

SHEYLA permanece un segundo mirándolos, completamente perpleja. De repente, sin poder evitarlo, se empieza a reír.

SHEYLA.— Pero, vosotros, ¿quiénes sois y de dónde habéis salido?

BRYAN.— *(Riéndose y aplaudiendo también).* Si esto era una *performance*, os doy un diez.

SHEYLA.— *(Siguiendo la broma a BRYAN).* ¡*Ten points* para todos!

ANE.— *(A sus compañeros, regañándolos).* Gracias por no agobiar... *(A SHEYLA).* Somos de 5.º C, del colegio Elena Fortún. Y necesitamos hablar contigo.

SHEYLA.— ¿Queréis un autógrafo? ¿Un selfi?

ANE.— No... *(Al darse cuenta de que SHEYLA parece decepcionada con su respuesta).* Bueno, sí. También. Pero sobre todo queremos darte algo.

SHEYLA.— Sea lo que sea podéis dejarlo en recepción.

ISAAC.— Esto no pod...

EDU.— Es que es algo que todavía no hemos terminado...

THIAGO.— Lo estamos haciendo.

ANE.— Para ti.

SHEYLA.— Vale, pues cuando lo acabéis lo dejáis aquí y ya me lo darán.

ISAAC.— *(Extendiendo el cuaderno de LUCAS).* Pero si pudieras leerlo ant...

SHEYLA intenta entrar en el hotel. Pero ZINEB se interpone antes de que pueda pasar.

ZINEB.— *(Hablando muy deprisa y atropellada).* Necesitamos que veas nuestro vídeo, porque ahora es solo un cuaderno, pero enseguida va a ser un vídeo, bueno, es un vídeo que no hemos grabado todavía de una canción que no sé si está escrita del todo, porque la estamos escribiendo, y la vamos a cantar, y a grabar, eso ya lo he dicho, creo, pero cuando la grabemos, que sí, que ya lo he dicho, te la queremos dar para que la oigas y que, si te gusta, la puedas cantar, porque yo he dicho que la ibas a cantar, bueno, yo no, Dunia Stars ha dicho que ibas a cantar una canción que no sea tuya en un programa de YouTube, aunque ese programa no lo ve nadie y ni siquiera era Dunia Stars de verdad, qué va, era yo fingiendo que era Dunia Stars, y ahora me siento fatal y por eso necesitamos que tú veas nuestro vídeo y que escuches la letra y que la cantes en tu concierto. Lo entiendes, ¿verdad?

SHEYLA.— *(Con cariño, sin querer resultar brusca).* Pues la verdad es que no...

SHEYLA logra librarse de ellos y se despide uniendo índices y pulgares en forma de corazón y entra en el hotel.

BRYAN.— Hacedle caso. Dejad lo que sea que estáis haciendo en recepción. Seguro que le gusta verlo.

BRYAN entra también.

EMMA.— ¿Y ahora qué les decimos al resto?

ZINEB.— Que ha dicho que sí, que nos va a escuchar.

ANE.— No ha dicho eso.

EDU.— Bueno, pero se sobreentiende...

THIAGO.— Podemos contarles la verdad.

ZINEB.— ¿Y quedar de pena? ¡Se supone que conocemos a Dunia Stars!

ISAAC.— Se me ha ocurrido algo... Es arriesgado, pero...

THIAGO.— No sé por qué no me sorprende...

EDU.— ¿Y qué es lo que se te ha ocurrido, Isaac?

ISAAC.— *(Mirando a ZINEB).* Llamar a otra Dunia Stars.

Escena 17

3, 2, 1... ¡Grabando!

Martes por la tarde. XINYI, ISAAC y POL se preparan en el salón de actos del colegio para interpretar el tema que han compuesto, mientras EDU, THIAGO y ANE organizan la grabación. Expectantes e ilusionados, los acompañan DANNA, EMMA y LUCAS.

XINYI.— Estoy nerviosa...

POL.— Va a salir genial. Ya verás. Con tu voz es imposible que salga mal.

XINYI.— *(Al resto).* ¿Nadie más va a cantar?

DANNA.— Yo lo hago fatal.

EMMA.— Y yo.

LUCAS.— Pues si me oís a mí...

XINYI.— ¿Y si hacéis los coros?

EMMA.— ¿Y si sonamos de pena?

ISAAC.— No se os va a escuchar tanto.

EDU.— Además, si sale más gente, el vídeo quedará mejor.

POL.— *(A LUCAS).* Y tú podrías bailar conmigo.

LUCAS.— ¿Yo?

POL.— Te he visto en Música y lo haces bien.

LUCAS.— Es diferente. Tú llevas años practicando.

POL.— Pero puedes seguirme si te ayudo. Solo movimientos fáciles, palabra. Mira.

POL le hace unos pasos y LUCAS intenta imitarlos.

LUCAS.— No sé yo si...

POL.— Tú haz lo que te nazca. Me puedes seguir o te lo puedes inventar. Pero es más bonito si estamos juntos, ¿no?

LUCAS.— Eso sí.

LUCAS le sonríe y POL, sin poder evitarlo, se sonroja.

THIAGO.— ¿Grabamos ya o qué?

Entran MARTINA, SALMA y ESTHER, seguidas de HUGO, JUSTIN y QIANG.

MARTINA.— ¿Ibais a empezar sin nosotras?
HUGO.— ¿Y sin nosotros?
POL.— ¡Pero si no habéis hecho nada!
MARTINA.— *(Extendiendo la mano a su amiga).* Salma.

SALMA le entrega una hoja y ella, a su vez, se la da a POL.

MARTINA.— Ahí tienes lo que hemos hecho.

ISAAC se acerca a mirar el papel que tiene POL en la mano.

ISAAC.— Habéis puesto vuestros nombres.
HUGO.— Exacto.
QIANG.— Los seis.

JUSTIN.— *(Orgulloso).* Ya ves.

POL.— ¿Y qué se supone que tenemos que hacer con esto?

MARTINA.— Graparlo a la hoja donde va la canción.

HUGO.— Autoría colectiva.

JUSTIN.— Lo hemos buscado en la Wikipedia. Y se llama así.

POL.— Sería autoría colectiva si lo hubierais hecho.

HUGO.— ¿Te vas a rebelar o qué? *(Se acerca a POL con actitud intimidatoria).* Que si te vas a rebelar, ma-ri-ca.

POL lo agarra del brazo y le hace una llave con la que lo inmoviliza.

POL.— ¿Qué decías?

HUGO.— ¡Suéltame!

ISAAC y QIANG corren a separarlos.

ISAAC.— *(A POL).* No vale la pena.

POL y HUGO, sujetados respectivamente por ISAAC y QIANG, se miran fijamente. POL, con rabia, rompe en pedazos la hoja que le ha dado MARTINA.

POL.— Y, ahora, mejor os vais.

HUGO.— Esto no va a quedar así.

POL.— Qué miedo me das.

HUGO.— ¿Te vas a poner chulito?

ISAAC.— *(Adelantándose para apoyarlo).* Nos vamos a poner chulitos.

XINYI.— *(Acercándose a ellos).* Mucho.

LUCAS.— *(Sumándose).* Así que mejor os vais.

EDU.— *(Uniéndose también).* Eso.

Todos se colocan rodeando a POL. HUGO se ve obligado a retroceder y les hace un gesto a QIANG y a JUSTIN para que lo sigan. Salen los tres.

MARTINA.— *(Señalando los papeles que POL ha tirado por el suelo).* Os vais a arrepentir.

DANNA.— *(Burlándose).* Correremos ese riesgo.

MARTINA sale acompañada de ESTHER y SALMA.

EMMA.— Vaya, parece que hoy los Súper Súper se han hecho Mini Mini.

LUCAS.— O nosotros nos hemos hecho más grandes.

EDU.— Venga, grabamos, que estamos todos.

POL.— ¿No falta Zineb?

ANE mira interrogante a EMMA.

EMMA.— *(A ANE, en voz baja y asegurándose de que nadie más la oye).* Sigue rayadísima con lo del directo. No quiere ver una cámara ni de lejos.

POL.— ¿La esperamos?

ANE.— *(Improvisando).* Es que Zineb no podía venir porque... tenía dentista.

DANNA.— Qué pena... Con lo que le gusta actuar.

EMMA.— *(Para sí).* No lo sabes tú bien…

THIAGO.— Venga, ¿estamos *ready*?

ANE.— Tres…

EDU.— Dos…

THIAGO.— Uno…

ANE.— ¡Grabando!

Todos se colocan en su posición: ISAAC, a la guitarra; POL y LUCAS, en un lateral; XINYI, en el micro principal; DANNA y EMMA, justo detrás, como un coro. ISAAC empieza a tocar la guitarra y todos cantan y bailan el tema que han compuesto juntos mientras EDU, ANE y THIAGO los graban.

XINYI.— *(Cantando).*

A veces me gustaría
no temer al tiempo.
A veces no quiero
tener que pensar.
A veces todo
podría ser diferente.

Y mi vida una playa
donde poder bailar.

TODOS.— *(Coros). Bailar, bailar, bailar...*

XINYI.—

A veces pienso
que voy a vencer.
A veces siento
que soy sol y mar.

TODOS.— *(Coros). Que soy sol y mar.*

XINYI.—

A veces sueño
que todo va a cambiar.
A veces tiemblo
y otras quiero llorar.
A veces me da miedo
atreverme a volar.

TODOS.— *(Coros). Solo quiero volar...*

XINYI.—

A veces he escondido
quién era de verdad.
Pero ahora soy yo mismo,
soy fuerza y libertad.

A veces me equivoco,
a veces sé acertar,
solo quiero que entiendas
que yo soy de verdad.

TODOS.— *(Coros).*

A veces me equivoco,
a veces sé acertar,

solo quiero que entiendas
que yo soy de verdad.

ANE.— ¡¡¡Corten!!!

Todos se aplauden y felicitan: por fin lo han conseguido. Ya tienen su canción.

Escena 18

¿Quién eres tú?

Miércoles por la tarde. POL, XINYI, LUCAS, DANNA, EMMA y EDU llegan a la puerta del hotel donde se aloja SHEYLA.

EMMA.— Somos demasiados.

LUCAS.— ¿Y?

EMMA.— Sheyla se va a asustar. En vez de darle un vídeo parece que hemos venido a secuestrarla.

POL.— A mí me hacía ilusión venir.

XINYI.— *(Señalando a DANNA y a sí misma)*. Y a nosotras. Queremos verla.

EDU.— Ya, pero es que a Sheyla no sé si la vamos a ver.

POL.— *(Decepcionado)*. ¿No?

EDU.— Pues no, porque...

EDU mira a EMMA para pedirle ayuda y que sea ella quien complete su frase.

EMMA.— Porque lo más seguro es que quien recoja nuestro *pendrive* sea Dunia, su repre.

Sheyla debe de estar a tope con los ensayos.

LUCAS.— A lo mejor necesita una pausa y quiere conocernos.

Llega ZINEB disfrazada de Dunia Stars.

ZINEB.— *(Fingiendo llevar mucha prisa e impostando su voz con el mismo tono grave del vídeo).* Chicos, me vais a disculpar, pero llevo mucha prisa.

EMMA.— Claro, claro... Lucas, lo tienes tú, ¿verdad?

LUCAS.— ¿No se suponía que lo traía Edu?

EDU.— ¿Yo?

POL.— Lo tengo yo. *(Acercándose a ZINEB).* Dáselo hoy mismo, porfa.

ZINEB.— Claro, aunque Sheyla está muy ocupada... Le diré que os haga un hueco.

DANNA.— Gracias. Es muy importante para nosotros.

EDU.— *(Haciéndole gestos a ZINEB para que entre en el hotel cuanto antes)*. Eso Dunia ya lo sabe. Mejor no la entretenemos más, ¿verdad?

Llegan de repente MARTINA y HUGO, acompañados de su habitual séquito: ESTHER, SALMA, JUSTIN y QIANG.

POL.— ¿A qué habéis venido?

DANNA.— ¿A espiarnos?

MARTINA.— Hemos venido a confirmar que no sois unos mentirosos.

HUGO.— O que sí que lo sois.

EMMA.— *(A ZINEB)*. Dunia, díselo tú.

ZINEB.— ¿El qué?

EMMA.— Diles que no somos unos mentirosos.

ZINEB.— No somos... *(Corrigiéndose)*. No son unos mentirosos.

LUCAS.— Le hemos dado nuestro vídeo.

EDU.— *(Insistiendo a ZINEB para que entre en la recepción del hotel de una vez)*. Y ahora Dunia se tiene que ir para entregárselo a Sheyla.

MARTINA.— Quiero verlo.

SALMA Y ESTHER.— *(A la vez)*. Queremos verlo.

ZINEB.— *(Mostrándoles el* pendrive*)*. ¿Esto es lo que queréis ver?

MARTINA la mira analizándola con desconfianza.

EMMA.— ¿Ahora nos creéis o no?

Sale del hotel la verdadera DUNIA STARS, vestida exactamente igual que ZINEB. Todos se quedan perplejos al ver a «las dos DUNIAS» juntas. ZINEB no sabe dónde meterse, así que decide seguir en su papel.

DUNIA.— *(Sin dar crédito al haberse encontrado con su doble)*. ¿Quién eres tú?

HOTEL
K

ZINEB.— ¿Y tú?

DUNIA.— *(Enérgica).* Yo soy yo.

ZINEB.— *(Igual de enérgica).* ¡Y yo soy yo!

DUNIA.— Pero tú no eres yo.

ZINEB.— Claro que yo no soy tu yo. ¡Qué voy a ser yo tu yo! Yo soy mi yo.

DUNIA.— Pero estás intentando ser mi yo.

ZINEB.— ¡Para nada! Yo solamente estoy siendo yo.

DANNA.— *(Alucinando).* Pero ¿cuántos yoes hay aquí?

MARTINA.— *(Desconfiada).* Demasiados...

DUNIA.— A ver, un momento.

ZINEB.— *(Imitando los movimientos de DUNIA, como si fuera su espejo).* Eso es, un momento.

DUNIA.— ¿Te estás haciendo pasar por mí?

ZINEB.— ¿Y tú, eh? ¿Tú te estás haciendo pasar por mí?

DUNIA.— *(Por fin repara en la gente que hay a su alrededor).* ¿Vosotros quiénes sois? ¿Qué hacéis aquí?

POL.— Hemos venido a darle una cosa a Dunia para que se la pase a Sheyla. Bueno, a la Dunia 1, porque no sabíamos que también había una Dunia 2.
DUNIA.— ¡La única Dunia que hay aquí soy yo!

DUNIA se acerca a ZINEB y le quita la peluca.

MARTINA.— ¡Lo sabía!
HUGO.— *(A POL).* Tus amigos y tú sois lo peor.
SALMA.— Dais mucha pena.
QIANG.— Muchísima.
DUNIA.— Mirad, no sé quiénes sois ni de qué va esto, pero, si no os marcháis de aquí inmediatamente, llamo a vuestros padres. O a la Policía. ¡O a los dos a la vez!
LUCAS.— *(Muy decepcionado).* No, no hace falta...
POL.— *(Igualmente desilusionado. Quitándole el* pendrive *a ZINEB).* Ya nos vamos.

DUNIA se aleja sin dejar de mirarlos, intentando entender qué es lo que ha pasado. MARTINA se lleva a la frente el índice y el pulgar en forma de L. SALMA y ESTHER la imitan.

HUGO.— Venga, vámonos. Aquí ya se ha acabado el espectáculo.

QIANG.— ¡Pringaos!

Salen los seis mientras los demás se quedan en silencio y muy serios, sin saber bien qué decir.

EDU.— No ha sido culpa de Zineb...

EMMA.— Ni tampoco de Edu...

ZINEB.— Hemos sido un poco todos...

EMMA.— Pero de verdad que vamos a entregarle la canción...

ZINEB.— Aún podemos dejarla en recepción...

EDU.— Pensábamos que era mejor hacerlo así...

POL.— *(Enfadado).* ¿Queréis dejar de mentirnos de una vez?

ZINEB.— Pol...

POL.— ¡Que os calléis!

POL da una patada rabioso en el suelo y sale corriendo con el pendrive *en su poder.*

DANNA.— ¡El *pen*!
EMMA.— ¿Qué?
DANNA.— ¡Que se ha llevado el *pen*!
EDU.— Lo que nos faltaba.

Escena 19

Sigue bailando

POL está en las Canchas. Lleva puestos sus auriculares y baila enérgico, casi furioso, al ritmo de la música. El público puede oírla también a todo volumen mientras POL sigue moviéndose de un lado a otro improvisando una coreografía propia.

Aparece BRYAN, con una bolsa de deporte, dispuesto a entrenar en los aparatos de calistenia que hay en el parque. Se fija en el movimiento de POL y trata de hablar con él.

BRYAN.— ¡Eh!

POL no lo oye, el volumen de la música le impide escucharlo. Ni siquiera se da cuenta de que está ahí.

BRYAN.— ¡Hey!

POL se percata de que alguien le está hablando, pero no se quita los auriculares y sigue bailando sin prestarle atención.

A BRYAN le hace gracia la seguridad con la que ese chico tan joven se mueve de un lado a otro y, en vez de insistir en hablar, deja la bolsa de deporte a un lado y comienza a bailar con él, siguiendo los pasos que POL está inventando.

A POL le sorprende su reacción y, aunque tiene la tentación de detenerse e incluso de irse, sigue bailando, mientras siente que los dos van cada vez más coordinados, como si fueran parte del mismo cuerpo de baile.

Por fin, agotado del esfuerzo, POL se detiene y se quita los auriculares. El público, en ese momento, también deja de escuchar la música. BRYAN lo imita y los dos se observan con admiración.

DANCE
LOVE

BRYAN.— No lo haces nada mal.

POL.— *(Sin poder ocultar su inseguridad).* Gracias.

BRYAN.— No, en serio, eres bueno. Deberías dedicarte a esto.

POL.— No es fácil.

BRYAN.— *(Sonriendo).* ¿Me lo dices o me lo cuentas?

POL.— *(Dejando claro que lo ha reconocido).* Ya... Sé quién eres.

BRYAN.— ¿Ah, sí?

POL.— Claro. Me sé todas las coreos de Sheyla. Me flipan.

BRYAN.— Es muy buena, sí.

POL.— Las coreos las hacéis juntos, ¿no?

BRYAN asiente.

POL.— Mi sueño es trabajar en eso.

BRYAN.— Es cuestión de curro.

POL.— Y de suerte...

BRYAN.— Supongo. Aunque también hay que saber aguantar los noes.

POL.— ¿Te han dado muchos?

BRYAN.— Un millón... Y a veces me los siguen dando. *(Se ríe).* He tenido que aprender a comérmelos, ¿sabes? Porque eso de que te dicen que no y te lo tomas guay y te esfuerzas y lo haces mejor es un poco mentira. Cuando te dicen que no, te entra el bajonazo.

POL.— ¿Y tú qué haces?

BRYAN.— ¿Para no tirar la toalla?

POL asiente.

BRYAN.— Me pregunto por qué bailo... Y la única respuesta es que no puedo no hacerlo. O bailo o no soy yo. Así que, mientras haya suerte, viviré de esto. Y, si se acaba, pues viviré de otra cosa, pero seguiré bailando. ¿Me entiendes?

POL.— Creo, no sé...

BRYAN.— Por si acaso, tú baila. Pase lo que pase, tú sigue bailando.

POL.— Es lo único que me gusta de verdad.

BRYAN.— ¿Ves? Por eso no debes dejar de hacerlo. Por cierto, me llamo...

POL.— *(Interrumpiéndole).* Bryan. Te he dicho que me lo sé todo de Sheyla.

BRYAN.— *(Se ríe).* ¿Y tú?

POL.— Pol.

BRYAN.— Pues tienes futuro en esto, Pol. No sé si te ayuda oírmelo, pero es la verdad.

POL se queda mirando a BRYAN. Pensativo. Dudando si decir o no lo que se le acaba de ocurrir.

POL.— *(Cogiendo fuerzas antes de soltarlo).* Me ayudaría más otra cosa...

BRYAN.— *(Sorprendido).* ¿El qué?

POL saca de su bolsillo el pendrive *con el vídeo de la canción que han grabado todos.*

POL.— *(Dándole el* pendrive*).* Toma.

BRYAN.— ¿Y esto qué es?

POL.— Póntelo y, si te gusta, dáselo a Sheyla.

BRYAN.— ¿A Sheyla?

POL.— Pero solo si te gusta de verdad.

BRYAN.— ¿No vas a decirme de qué se trata?

POL niega con la cabeza.

BRYAN.— ¿Ni a vendérmelo un poco?

POL.— Es que no quiero venderte nada. Solo quiero saber si es bueno.

BRYAN.— ¿Es algo tuyo?

POL.— No solo mío... Es de más gente.

BRYAN.— *(Cambiando la expresión y tendiendo el* pendrive *hacia POL, como si quisiera devolvérselo).* ¿No serás uno de los que han ido hoy a montarla al hotel...?

POL.— No queríamos liar nada, Bryan. Solo intentábamos dárselo. Podría ayudar tanto a uno de mis amigos si Sheyla lo viese...

BRYAN.— ¿Él también quiere ser cantante?

POL.— No...

BRYAN.— *(Intentando devolverle el* pendrive*).* Pensaba que eras alguien más auténtico.

POL.— *(Muy serio, buscando las palabras).* Mi amigo no quiere ser cantante... Ni ser famoso... Él lo que quiere es estar bien... Lo que de verdad le gustaría es que alguien le dijese que va a curarse.

BRYAN se queda un segundo en silencio al darse cuenta de que se ha equivocado al juzgar a POL. Mira a POL y, tras pensárselo, guarda el pendrive *en su bolsa de deporte.*

BRYAN.— Lo veré. Es todo lo que te puedo prometer.

POL.— Gracias. Eso ya es mucho.

BRYAN.— A cambio tengo algo que pedirte.

POL.— ¿El qué?

BRYAN.— *(Sonriéndole).* Sigue bailando.

POL asiente y, mientras BRYAN se aleja, vuelve a ponerse los auriculares. La música inunda otra vez el escenario y POL sale de allí improvisando pasos similares a los del inicio de la escena.

Escena 20
Este final es lo peor

Jueves por la mañana. Recreo en el patio del colegio Elena Fortún. DANNA, EMMA, ISAAC, POL, XINYI, LUCAS y ANE están sentados en silencio, todos de bajón tras lo sucedido el día anterior en el hotel.

ANE.— Teníamos que haberos dicho la verdad...

DANNA.— O habernos pedido ayuda para escribir un guion mejor.

EMMA.— Aunque, si lo hubieras escrito tú, habría acabado igual de mal.

XINYI.— Este final es lo peor.

LUCAS.— Por lo menos lo habéis intentado.

ANE.— Ya... Pero lo podíamos haber intentado mejor.

Entran EDU y THIAGO.

THIAGO.— ¿Habéis visto a Zineb?

DANNA.— Hoy no ha venido a clase.

EMMA.— Lo está pasando fatal...

LUCAS.— No ha sido culpa suya.

DANNA.— Bueno, no ha sido *solo* culpa suya.

EMMA.— Pero mira que eres rencorosa...

DANNA.— Que no es eso.

EMMA.— ¿Ah, no?

DANNA.— Es que es duro... Nos hemos ilusionado para nada... Ni mis historias son tan crueles.

EMMA.— *(Asumiendo lo que DANNA acaba de decirle)*. Lo siento.

ISAAC.— Oye, Pol, ¿dónde está el *pen*?

POL.— Me lo he dejado en casa.

ISAAC.— *(Con ironía)*. Guay.

XINYI.— ¿Y no teníamos que entregarlo hoy?

THIAGO.— Seguro que la de Música lo entiende y nos deja dárselo mañana.

Entran MARTINA y HUGO, acompañados, unos pasos por detrás, de SALMA, ESTHER, JUSTIN y QIANG.

MARTINA.— Qué tierno... Míralos. ¿Hoy no hay episodio nuevo de vuestro festival del humor?

HUGO.— ¿Todavía no os habéis enterado de que Sheyla no sabe ni que existís?

MARTINA.— Lo que nos vamos a reír en mi superfiesta.

SALMA finge tirar del pelo a ESTHER para quitarle la peluca, como hicieron con ZINEB, y se ríen los seis.

JUSTIN.— Sois patéticos.

LUCAS.— Menos que vosotros, Justin.

JUSTIN.— ¿Nosotros?

LUCAS.— Ir siempre detrás de otro es un poco patético.

JUSTIN y QIANG caen en la cuenta de lo que LUCAS acaba de decirles y se ponen a la altura de HUGO.

HUGO.— *(Mirándolos molesto).* ¿Qué hacéis?

SALMA y ESTHER imitan a QIANG y a JUSTIN, y se sitúan también a ambos lados de MARTINA. Ella las mira con desprecio.

ISAAC.— ¿Os importa largaros y dejarnos en paz, por favor?

MARTINA.— Debe de ser muy triste vivir solo de mentiras. Vas a tener que volverte a tu casita de chocolate, Wonka.

DANNA.— Más triste es vivir solo de odio.

HUGO.— ¿Y a ti quién te ha preguntado, Gloriafuertes?

XINYI.— Dais pena.

SALMA.— Por lo menos a nosotras no nos ha tenido que echar la seguridad de un hotel.

EMMA.— No nos echó la seguridad.

ESTHER.— Vaya que no.

ANE.— Vinieron a hablar con nosotros, okey. Pero no nos echaron.

QIANG.— Os echaron.

EDU.— Yo me fui por mi propio pie.

HUGO.— Vaya, ¿eso cómo se llama? ¿Humor negro?

EDU.— *(Acercándose furioso a él)*. Te voy a...

Está a punto de enzarzarse con HUGO cuando aparece DUNIA en el patio.

DUNIA.— Hola, chicos, venía por...

MARTINA.— *(Riéndose)*. ¿Otra vez tú? ¿En serio?

DUNIA.— *(Sin entender nada)*. ¿Cómo?

SALMA.— Zineb, ¿te has creído que somos idiotas?

MARTINA.— *(Muy seria, a SALMA)*. Estaba hablando yo.

SALMA.— *(A MARTINA)*. ¿Y no puedo dec...?

MARTINA le hace un gesto para que se aparte y se calle. SALMA, molesta, mira a ESTHER.

LUCAS.— *(A SALMA y ESTHER, con sarcasmo).* Es lo que tiene ir siempre detrás.

DUNIA.— *(Intentando hacerse escuchar).* He venido porq...

MARTINA.— ¿Cuánto más va a durar este numerito?

HUGO.— *(Acercándose a DUNIA).* Cada vez lo haces peor, Zineb.

DUNIA.— ¿Cómo?

QIANG.— *(Imitándola).* «¿Cómo?».

HUGO.— *(A QIANG).* ¿Quién te ha pedido que la imites?

QIANG.— *(Justificándose).* Era por aportar.

HUGO lo aparta de un empujón y QIANG vuelve a quedarse atrás.

LUCAS.— *(Mirando a QIANG y a JUSTIN, bajito y solo a ellos).* Siempre por detrás...

HUGO.— Miércoles, de verdad, das mucha vergüenza ajena.

DUNIA.— Me vais a perdonar, p...

MARTINA.— ¿Es posible que hoy lo hagas peor que ayer? *(Mira a SALMA y ESTHER esperando que hablen, pero estas no saben qué deberían responder)*. Venga, decid algo.

SALMA.— ¿¿¿Nosotras???

ESTHER.— *(Cada vez más molesta, al igual que SALMA)*. ¿Ahora sí?

MARTINA resopla con fastidio.

DUNIA.— Lo que quería contaros es q...

HUGO.— No nos interesa. *(A QIANG y JUSTIN, regañándolos)*. ¿Por qué no os reís?

JUSTIN.— ¿Porque no tiene gracia?

HUGO.— Pero ¿se puede saber qué os pasa hoy?

QIANG.— ¿Se puede saber qué te pasa a ti?

LUCAS.— *(Desde lejos, casi entre dientes)*. Dos pasos por detrás...

DUNIA.— *(Intentando imponerse de una vez).* Lo siento, no puedo perder toda la mañana aquí. Y si he venido es p...

MARTINA.— *(Acercándose muy decidida a DUNIA).* Mira, bonita, ya está bien de tanta tontería.

MARTINA agarra el pelo de DUNIA y tira de él, convencida de que es la peluca que usaba ZINEB para disfrazarse.

DUNIA.— ¡¡¡Pero ¿qué haces?!!!

LUCAS.— ¡Martina!

DANNA.— ¡Tía, te has vuelto loca!

MARTINA sigue tirando, DUNIA intenta quitársela de encima y se arma un enorme revuelo entre las dos: DANNA y LUCAS corren a apartar a MARTINA al mismo tiempo que ESTHER y SALMA intentan impedírselo. En ese momento, mientras DUNIA sigue gritando, entra ZINEB.

ZINEB.— ¿¿¿Qué está pasando???

MARTINA se queda congelada, aún agarrando el pelo de DUNIA.

MARTINA.— *(Perpleja).* Pero…

HUGO.— *(Igual de sorprendido).* ¿Eres tú?

ZINEB.— ¡Claro que soy yo!

DUNIA aprovecha el desconcierto de MARTINA para soltarse por fin.

DUNIA.— Seas quien seas, menos mal que has llegado. Vuestra amiga la psicópata ha estado a punto de dejarme calva.

MARTINA.— Es que yo creía que… Es que yo… *(Mirando a SALMA y ESTHER).* ¡Han sido ellas! ¡Ellas me han confundido!

HUGO.— *(Señalando a QIANG y a JUSTIN).* Y ellos. ¡Ellos también!

SALMA.— ¿En serio?

ESTHER.— Flipo.

QIANG.— Mucho.

JUSTIN.— Ya ves.

HUGO.— No sabíamos que eras la Dunia de verdad.

MARTINA.— Pensábamos que eras la Dunia *fake*.

DUNIA.— Mira, bonita, yo no sé si tú serás la psicópata *fake* o la psicópata de verdad, pero ya te digo que no vas a conseguir nunca una entrada para un concierto de Sheyla.

MARTINA.— Pero es q...

DUNIA.— ¡Nunca! Y da gracias de que no te denuncie. Y ahora, para el resto, lo que venía a deciros es q...

ZINEB.— *(Desolada).* Nos vas a demandar por suplantación de identidad.

ISAAC.— Ya verás cuando se enteren mis padres.

DANNA.— Todos a la cárcel. Lo estoy viendo.

EDU.— ¿No podemos llegar a un acuerdo?

EMMA.— ¿Y mi juventud? ¿Qué va a ser de mi juventud si nos encarcelan?

DUNIA.— *(Perdiendo la paciencia).* ¿Me queréis dejar hablar de una vez?

Todos se callan. DUNIA respira con alivio y saca un pendrive *del bolso.*

DUNIA.— He venido porque Sheyla ha visto esto.

XINYI.— *(Sin dar crédito).* ¿Cómo...?

DUNIA.— *(Mirando a POL).* Seguro que vuestro amigo os lo puede explicar luego.

POL asiente con humildad, intentando quitarse importancia.

DUNIA.— Y a Sheyla le ha gustado... Bueno, no solo le ha gustado. Pero eso mejor os lo cuenta ella.

DUNIA saca su móvil y le da Play a un vídeo en el que aparece SHEYLA, a quien vemos ocupar un lateral de la escena.

SHEYLA.—
Estaba buscando algo, no sabía el qué.
Algo que significara, que fuera distinto.
Algo que me devolviera las ganas de subirme ahí delante de miles de personas que gritan mi nombre y cantan mis canciones, aunque a veces ni yo misma sepa qué significan.
Porque estaba bloqueada.
Sin saber bien qué contar.
Ni cómo componer.
Por eso decidí que la gira debía arrancar aquí.
En la misma ciudad donde empezó todo.

ISAAC.— Entonces, ¿Sheyla es de...?
EMMA.— Shhhh.

SHEYLA.—
Cuando me fui acababa de cumplir los dieciocho.

Cambié mi nombre.
Mi imagen.
Como si la persona que fui antes nunca hubiera existido.
Como si pudiera huir de todo eso que pasó antes...
De ese tiempo prefiero no decir nada más.
Solo sé que tuve que aprender a ser más fuerte.
Así que no sabía si volver ahora era una buena idea.
Pero confiaba en que pasara algo.
Y ese algo ha sido vuestra canción.

LUCAS.— *(Emocionado).* Le ha gustado...

MARTINA.— ¿Cómo es posible que esa basura le haya gustado?

SALMA Y ESTHER.— *(A la vez, a MARTINA).* ¡Shhhhh!

SHEYLA.—
No sé de quién es esa historia.
O esas historias, porque intuyo que hay varias.
Algo me dice que son ciertas.
Que las habéis cantado con las tripas y con el corazón.
Como las que yo hacía al principio.
Así que ahora quiero cantar vuestras palabras.
Con vosotros.
Eso es lo que quería deciros.
Que, ahora que ya casi os conozco, me gustaría conoceros de verdad.

HUGO Y MARTINA.— *(Muertos de envidia).* ¿Qué?

QIANG Y JUSTIN.— *(A la vez, a los dos).* ¡Shhhhh!

SHEYLA.—
¿Os gustaría ser mis teloneros?

El vídeo acaba. DUNIA guarda el móvil, SHEYLA desaparece y todos, salvo MARTINA y HUGO, estallan en un aplauso.

DUNIA.— Supongo que eso quiere decir que sí.
EDU.— ¡Ya te digo, tía!

DUNIA se ríe ante la espontaneidad de EDU y se sorprende cuando ve que LUCAS corre a abrazarla.

LUCAS.— Gracias...

DUNIA permanece inmóvil un segundo hasta que, al notar el agradecimiento sincero de ese niño al que ni siquiera conoce, decide devolverle el abrazo... Y sonríe.

Escena 21

Esto sí es un final

Viernes por la noche. Todo el grupo está detrás del escenario, esperando a que les toque actuar. Fuera se puede oír el rumor del público que llena el concierto y que corea el nombre de SHEYLA.

VOCES DEL PÚBLICO.— ¡Sheyla! ¡Sheyla! ¡Sheyla!

XINYI.— *(Nerviosa, hablando muy deprisa).* Estoy muerta de miedo... ¿Estáis muertos de miedo? Estoy muerta de miedo...

LUCAS.— Xinyi...

XINYI.— Tengo miedo... Tengo mucho miedo...

LUCAS.— Xinyi, mírame. Va a salir bien, ¿me oyes? Va a salir muy bien.

XINYI.— ¿Y si me sale un gallo?

POL.— *(Recordando las palabras de BRYAN, mientras calienta con ISAAC y DANNA).* Pues sigues cantando. Es como si nosotros tropezamos...

ISAAC.— No vamos a tropezar.

POL.— Bueno, pero si tropezáramos, no podríamos parar... Seguiríamos bailando.

XINYI.— Hay tanta gente...

EMMA.— Mejor. Así escucharán lo que tenemos que decir.

ZINEB.— De eso se trataba, ¿no?

Entran EDU, THIAGO y ANE con sus cámaras.

EDU.— ¿Todo listo?

THIAGO.— Va a ser una pasada retransmitirlo en directo.

ANE.— Y lo vais a clavar.

EDU.— *(Asomándose a un lateral para ver al público).* Está petadísimo.

XINYI.— Gracias por no meter presión.

Aparecen SALMA, ESTHER, JUSTIN y QIANG.

SALMA.— Oye...

EMMA.— ¿Y vosotros qué hacéis aquí?

DANNA.— Eso, ¿quién os ha dejado pasar?

ESTHER.— Hemos venido a... Venga, Salma, dilo tú.

SALMA.— Pues a... A ver, Qiang, díselo.

QIANG.— Queríamos... Vamos, Justin, cuéntales.

EMMA.— ¿Tenéis pensado acabar alguna vez? Porque el concierto empieza en breve y los teloneros, por si no lo sabíais, salen los primeros.

JUSTIN.— Pues que hemos venido a pediros...

JUSTIN susurra tan bajito la palabra perdón *que nadie escucha lo que ha dicho, aunque puedan imaginarlo.*

POL.— ¿Qué has dicho? ¿Lo puedes repetir?

QIANG.— *(Un poquito más alto, aunque todavía es casi inaudible).* Perdón.

ZINEB.— ¿Cómo?

SALMA.— *(Subiendo algo más la voz, pero todavía no lo suficiente).* Perdón.

ANE.— ¿Qué?

ESTHER.— *(Ahora sí, a pleno pulmón).* ¡Que queríamos pediros perdón!

POL.— Vaya, si los esclavos se han rebelado…

LUCAS.— No seas cruel.

POL.— ¿Yo? Pero si los que llevan años robándonos el nombre son ellos.

JUSTIN.— Sabemos que es tarde…

POL.— Un poco…

SALMA.— Pero podemos intentarlo.

EMMA.— ¿El qué?

SALMA.— No sé… Llevarnos mejor.

ZINEB.— Nos vais a tener que devolver los nombres.

QIANG.— Claro.

XINYI.— *(Al borde del ataque de nervios).* Ahora mismo lo de la reconciliación nos pilla regular, la verdad. ¡Cantamos en cinco minutos!

JUSTIN.— ¿Nosotros podemos también...?

LUCAS.— ¿Cantar?

ISAAC.— Ni en broma.

POL.— Las cosas no funcionan así.

QIANG.— *(Quejándose)*. Pero si os hemos pedido perdón.

POL.— Ya, bueno, pero es que *perdón* no es una palabra mágica. No la sueltas y, hala, desaparece todo. Os lo vais a tener que currar un poquito.

DANNA.— Porque ya sentimos que hayáis tardado en daros cuenta de que para Martina y Hugo solo existen Martina y Hugo, pero os vais a tener que esforzar para ganaros nuestra confianza.

ZINEB.— Por ahora, podéis quedaros y mirar.

EMMA.— Así, por lo menos, veis el concierto.

THIAGO.— Mejor que la cutrefiesta de Martina, ¿no? Que ahora mismo debe ser la superfiesta menos súper y con menos gente del mundo mundial.

Aparecen SHEYLA y BRYAN, vestidos ya para su actuación.

SHEYLA.— ¿Cómo estáis?

SALMA.— *(Completamente boquiabierta).* Pero si es...

ESTHER.— *(Cerrándole la boca a SALMA, también perpleja).* Es.

BRYAN.— Va a salir genial.

XINYI.— *(Aliviada).* Entonces, ¿vais a estar con nosotros?

SHEYLA.— Sí... Aunque la voz cantante de este tema la llevas tú.

XINYI.— Imposible... A tu lado, imposible.

SHEYLA.— ¿Cómo te crees que empecé yo?

XINYI.— ¿De telonera de una superestrella?

SHEYLA.— *(Riéndose).* Cantando en locales donde a nadie le importaba lo que tenía que decir. Pero sintiendo que lo que yo hacía sí importaba. Y eso es lo que necesito que sintáis hoy.

LUCAS.— Solo es una canción...

SHEYLA.— Ninguna canción es solo una canción.

BRYAN.— Y, si os ponéis nerviosos, olvidaos del público, miraos entre vosotros y recordad por qué estáis aquí.
EMMA.— Porque somos unos inconscientes.
BRYAN.— O porque tenéis mucho que decir.
SHEYLA.— Y porque a mí me habéis devuelto las ganas de seguir cantando.
POL.— *(Mirando a BRYAN con complicidad).* Y de seguir bailando.

Las voces del público gritando el nombre de SHEYLA son cada vez más fuertes.

SHEYLA.— Ha llegado el momento.
EDU.— ¿Puedes mandar un saludo a nuestros espectadores antes?
SHEYLA.— Claro.

SHEYLA se acerca y le da un beso a EDU en la mejilla mientras THIAGO y ANE los graban.

SHEYLA.— ¿Así vale?

EDU.— *(Incapaz de hablar de la emoción).* S-s-s-í.

SHEYLA.— Ahora vamos ahí fuera. Por cierto, ¿cómo queréis que os presente?

XINYI.— ¡Es verdad! ¡Que seguimos sin nombre!

EMMA.— ¡Qué va! Creo que ya lo tenemos.

ISAAC.— ¿Ah, sí? ¿Lo tenemos?

EMMA.— ¡Claro que lo tenemos! ¡Somos Los Sin Nombre!

SHEYLA.— Pues, venga, ¡a darlo todo!

EMMA.— *(A DANNA).* ¿Ves? Esto sí es un final.

DANNA.— El próximo que escriba va a ser así.

EMMA.— *(Sin creerla).* Ya, seguro...

XINYI.— *(Animándose a sí misma y a sus compañeros).* ¡Vamos!

LUCAS.— *(Eufórico).* ¡Que esto ya empieza!

POL.— *(Feliz y emocionado).* Y, pase lo que pase, ¡a seguir bailando!

Suenan los primeros acordes de la canción y, mientras se escucha cómo comienzan todos a cantar, se va haciendo lentamente el

OSCURO.

Agradecimientos

Antes de escribir esta obra teatral tuve la idea de ofrecer sus páginas a cualquier estudiante de Primaria que tuviese la misma edad de sus protagonistas y que quisiera compartir su historia o inventarse una que querría ver en un libro como este.

Lo comenté en mis redes y, de repente, empecé a recibir testimonios, dibujos y redacciones realmente fabulosas que han sido una inspiración esencial en la creación de este nuevo libro.

Gracias a quienes os animasteis a contestar, a las y los docentes que se animaron a colaborar con sus grupos en este viaje y, sobre todo, a quienes os habéis convertido ya en parte de esta historia, pues vuestras palabras y comentarios viven ahora en todos los protagonistas de esta función.

Muy especialmente, quiero agradecer su generosidad y sus estupendas ideas al grupo de 5.º PM del CEIP Carlos Cano (Fuenlabrada) y a su profesora Patricia Rodrigo; al grupo de 6.º B de la Escola Mossèn Ramon Bergadà (Constantí) y a su profesor Carlos Páez; al grupo de 6.º PM del CEIP Pedro del Hoyo (Colindres) y a su profesora Marta Ortiz; y a Íñigo Bañares, Silvia Gil, Charo Morales y Laura Cañas por sus valiosas aportaciones.

Y gracias, cómo no, a todo el equipo de Loqueleo —Maite, Eusebio, Yolanda, Maya, Marta—, por animarme a afrontar aventuras creativas como esta; a mi querida Palmira, por apoyarme tanto en cada nuevo reto; y a Juan, por saber siempre cómo darme la mano justo cuando más lo necesito.

FEBRERO, 2024

Aquí acaba este libro
escrito, ilustrado, diseñado, editado, impreso
por personas que aman los libros.
Aquí acaba este libro que tú has leído,
el libro que ya eres.